ミステリなスイーツ

甘い謎解きアンソロジー

坂木司　友井羊　畠中恵
柚木麻子　若竹七海

双葉文庫

お品書き

MENU

坂木司

和菓子のアン

EPISODE

坂木司（さかき・つかさ）

2002年、連作短編集『青空の卵』でデビュー。ひきこもりの鳥井真一が、親友、坂木司の持ち込んでくる日常の謎を解く。『仔羊の巣』『動物園の鳥』と彼のシリーズが書き継がれ、『切れない糸』のクリーニング店、『ワーキング・ホリデー』の宅配便、『シンデレラ・ティース』の歯科医院、『ホテルジューシー』のゲストハウスなどの〈仕事〉に着目した作品も多い。『和菓子のアン』はデパ地下の和菓子店を舞台にして話題に。

高校を卒業する前に偶然、街頭インタビューのようなものを受けたことがある。インタビュアーに「将来の夢は？」と聞かれて友達の二人は「とりあえず大学生活を満喫すること！」や「専門学校出て、美容師になります」なんて元気よく答えていた。私はそれを横目で見ながら、ひそかに焦《あせ》っていた。一体、この場合なんて答えるべきなんだろう。なんて答えれば、無難なんだろう。

そして案の定、次は私の番だった。

「そっちの君は？」

とても無邪気な様子で男性がたずねる。つかの間口ごもった私を見て、友達二人はようやく微妙な事態だということに気がついたようだ。

だって私、進路どころか進学すら決まっていない。

「あれ。もしかして浪人とかしちゃったのかな」

半分当たりで半分外れ。さらに上《うわ》っ面《つら》だけみたいな励ましが聞こえてくる。大丈夫、一年の遅れなんて気にする必要ないよ。僕だって浪人生だったんだ。

その後ろで、友達がなんとも言えない表情をしてこっちを見ている。そうだよね。助け舟を出そうにも出せないもんね。でも大丈夫。

「将来の夢……」

私はちょっと大げさに首をひねって、次の瞬間ぱっと笑顔を作ってこう言った。

「将来の夢は、自分のお金でお腹いっぱいお菓子を食べることです！」

よし、ばっちり。きっとこのシーン、テレビ的にはおいしいよ。だってほら、インタビュアーがお腹抱えて笑ってるもん。

「そうか、そっちかあ」

若いっていいよなあ。笑いまくる男性の向こうで、友達もほっとしたような表情を浮かべている。そう、きっとこれが正解。これでいいんだ。

夜、お風呂の中でじっと手を見る。手に職はない。かといって専門学校に行くほど好きなことも見つかってない。しかも粗《あら》びきウインナーみたいにぽってりした指。綺麗なネイルなんて百万光年の彼方《かなた》って感じで、見るたびにがっかりする。

「このままじゃ高卒のフリーターになるだけだぞ」

担任の先生はそれなりにいい人で、卒業するまで私のことを気にかけてくれていた。でも、大学に行きたいって思うほど勉強が好きじゃないし、いきなり就職っていうのもピンとこなかったんだからしょうがない。

「ピンとこないのはあたしもおんなじだよ。だからそれを考える時間として、大学はあるんじゃないの」

うん、それはわかる。うちのお母さんが私に進学してほしいって言ったのも、多分同じ理由だ。でもね、大学ってお金かかるんだよ？　私はのほほんと育ったけど、お父さんが毎日会社に行くところやお母さんがパートで働いてるところを見てきてる。そう考えたら、せめてバイトでもしながら「ピンとくる何か」を探した方がいいと思ったんだ。

お風呂上がり、私はなるたけ鏡を見ないようにしてパジャマを着る。きっと、テレビではもっとひどいんだろうな。だって太って見えるっていうし。

そう。はっきり言って私は太ってる。サイズLがぱつんぱつんのデブ。でも自分の体型と望まれるキャラクターを自覚してるから、いじめられたことはない。その上顔はお人好しっぽいし、非常識なほどのデブでもないから、買い物でハブにされることもなくてすんでる。

つまり、こんな体型にしてはまあまあな青春。でも。

したいことが特にない。なりたい自分はもっとない。強いて言えばダイエット。でも、痩《や》せたらすべてが変わるなんて夢物語にはまれるほど無邪気じゃない。

私、梅本杏子《うめもときょうこ》。十八歳。身長百五十センチ。体重五十七キログラム。小学校の頃のあだ名は「コロちゃん」。才能も彼氏も身長もないくせに、贅肉《ぜいにく》だけは売るほどある。

……買う？

＊

まず良くなかったのは、ここのところ就職に関しては軽い売り手市場だったことだ。特に接客業なんかは慢性的な人手不足に陥っていて、若くてすぐに働けるってだけでアルバイトでもそれなりのお金が貰えた。

「氷河期の俺たちからすると、まるで夢みたいな話だな」

兄が卒業したとき、ニュースでは就職浪人が話題になっていた。だからよっぽど優秀な人以外は、自分が望む会社になんて入ることができなかったらしい。

「一年待っても入れてもらえるなら御《おん》の字、内定なんてもらえたら超ラッキーだったのにな」

「そうなんだ」

私が気のない返事をすると、兄はため息をつきながらおせんべいを割る。ぱきん。

「なのにたった数年でこりゃないよな。だってお前、今だったら贅沢言わなきゃ適当な会社に就職できるだろ」

「……まあねー」

ほら、と差し出されたおせんべいをひとかじりして私はうなずく。きっとこれって、贅沢な悩みなんだろうな。

住むところにも困らず、食べるものにも困らない。仕事は選ばなければそれなりにあって、正社員にだってなれる。しかも私の場合、奥の手とも言うべき道だってあるのだ。それは、商店街での就職。

私の家は、東京にある。けれどガイドブックに載るような名所なんて近所にはなく、普通の人が長々住んでるってだけの古い町だ。ただそれでもいいところはあって、それが商店街の充実。最近はどこでも後継者不足らしく、シャッターを降ろした店が並ぶ「シャッター商店街」なんて言葉も耳にするけど、うちの近所は皆元気に営業している。

けれど中にはやはり高齢化に悩まされている店もあって、そういう店では跡継ぎになってくれそうな若者を随時募集している。特に近所で生まれ育った私のような人材は理想的らしく、買い物途中に何度か「就職が決まらなかったらおじさんとこにくればいい」なんて声をかけられたりもした。

「そういう意味ではホント、新井《あらい》さんとこは良かったわよねえ」

お母さんは羊羹《ようかん》を切り分けながらしみじみと言う。なんでも、パートで通っているクリーニング屋さんの息子が跡継ぎになることを決めたらしい。

「だってこれが売り手市場の年だったら、こうはならなかったかもしれないじゃない?」

切り落とした羊羹の端を口に放り込みながら、むぐむぐと喋《しゃべ》る。確かに、すぐ就職できる上にお給料が高かったら、あえて家業を継がなくてもやっていけたのかも。息子さんにとっては迷惑な話だったのかもしれないけど、私にしてみればちょっとうらやましくもある。

だってきっと、「あなたしかいない。あなたにやってもらわないと」なんて言われたら悩まずに済んだだろうから。

ただ、私はこの商店街で就職するのだけはちょっとごめんだった。小さい頃から知っている人の中で働くのは嫌じゃないけど、一つ問題がある。

ついこの間も、私がケーキを買おうと『洋菓子かとれあ』に入ろうとしたところ、誰かに呼び止められた。

「あら、梅本さんとこの杏子ちゃんじゃない。今日はおつかい？」

振り返ると、そこには八百屋のおばさんが立っていた。

「ええ、まあ、そんなとこです」

本当は自分へのご褒美を買いにきたのだが、私はなんとなく嫌な予感がして口ごもる。すると案の定、おばさんはこう言い放った。

「いっくらかとれあさんのケーキが美味《おい》しくっても、食べすぎちゃダメよう。これ以上太ったら、お嫁にいけなくなっちゃうからねえ」

超絶大きなお世話。ていうかあんたんとこの息子こそ、三十歳過ぎて恋人の一人もいないって噂になってますけど？　しかも週一でアキバ通いってマジやばい部類だし。そんな心の声が浮かんだけど、私はにっこり笑って頭をかく。

「えへへ。ホントですよねえ。でも大丈夫！　これはみんなで食べる分ですから」

何を言われても、とりあえずは笑顔でスルー。それが商店街に生まれ育った若者の習性だ。きっと例のクリーニング屋さんの跡取りだって、同じような笑顔を浮かべているに違いない。

「そう。梅本さんとこはいつも家族が仲良しでいいわねえ。それにひきかえうちの息子ときたら――」

おばさんがぶつぶつと言いはじめたところで、それじゃまた、と今度は会釈でスルー。

ああもう、これだから嫌。小さい頃から知ってるってだけで、遠慮なんてまったくなし。年頃の女の子相手に「杏子ちゃんは太ってる」ネタを当たり前のように使う人々。ついでに年頃になったらなったで、軽いセクハラ発言の嵐。ていうか高校出たばっかりで嫁になんかいかないっつーの！

私は羊羹に手をのばして、大きめのやつをぱくりと頬張《ほおば》る。ああもう。結局いつもこうやって食べちゃうんだから。

それもこれも、うちのお母さんがいけない。食べることが大好きで、いっつもどこかに食べ物を隠し持ってる。しかも人に食べさせるのも大好きで、なにかっていうと一口羊羹を握らせたりする。そんな人が切り盛りする家庭に育った兄と私は、当然のごとく横幅から成長してしまった。

ちなみにお父さんは何を食べても太らないらしく、私たちと同じ量を食べていても中肉中背という奇跡の体質。ちょっとずるいと思ってしまうのは、私だけではないはずだ。

でもまあ、なんのかんの言いつつ私は家族のことが嫌いじゃない。だから勉強する気もないのに進学して無駄なお金を使わせたくはないし、きちんと仕事を決めたいとは思ってる。ただ、どうしたいのかがこれっぽっちも決まっていないだけだ。

絶望するほどひどくないけど、希望を持つほど良くもない。ものすごく中途半端な中で、ただぼんやりしていることしかできない。

ていうか、これっていわゆるあれじゃない？

甘やかされた子供。直訳すると「最低」ってやつ。

＊

三月は卒業の名残を抱えたまま、なんとなく過ぎた。四月は就職情報やアルバイトの折り込みを検討して前向きな気持ちになっているうちに、あっという間に過ぎていった。そして五月。さすがにやばい気がして、気ばかり焦っている。

（だって、このままじゃただのニートになっちゃうよ！）

平日に近所をうろうろしていると、燃料屋のおじさんあたりにまた勧誘されそうなのでとりあえず都心に近い場所に出てみた。駅前にデパートやショッピングビルの林立する、大きな街。「スタッフ募集」の張り紙があちこちにあるけど、自分がやれるかとなると範囲は狭まってくる。

手に職がないなら販売系がオーソドックスだけど、この体型で服飾は無理。ていうかそもそもファッションに興味がないし。同じ理由でお洒落《しゃれ》な雑貨やジュエリー系もバツ。本屋さんも考えたけれど、なぜかファストフードよりもバイト代が安かったのでバツ。

（となると、やっぱ飲食系……？）

でもこの体型でラブリーな制服はまずい。かといって定食屋とか居酒屋もなんだかなあ。

（いっそ料亭みたいなところで仲居さんになるとか）

住み込みのバイトとしてなら、それもいいかもしれない。礼儀作法とか着物の着付けとか身に付きそうだし。でも実家から出ていきなり温泉旅館暮らしっていうのも、ハードル高いかな。消去法で考えちゃいけないとは思いつつも、私ができることなんて何にもないような気になってくる。

ふと、頭頂部にぽつりとした感触。気持ちが落ち込んできたところに、雨まで降ってきた。傘を持ってきていなかったので、私はとりあえず一番近くにあるデパートの中に駆け込む。

自動ドアをくぐった途端、ふわりと香水の匂い。デパートの一階は、大抵化粧品と婦人靴やバッグ売り場だ。ブランドものの化粧品コーナーには、きっちりメイクをした綺麗なお姉さんが、マネキンのように立って硬質な笑顔を振りまいている。そして靴やバッグ売り場に並ぶのは、私のお小遣いでは到底買えない値段のものばかり。

「このバッグってパーティーにも使えるかしら」

声がした方向を見ると、きらきらでぴかぴかの小さなバッグを持ち上げて、お姉さんが店員さんにたずねている。棚に置いてある値札を見ると、携帯電話一つでぱんぱんになってしまいそうなバッグが、なんと十万円。世間の人は皆、こういう物を日常的に買っているんだろうか。少なくとも私の周りでは、十万円といったらかなりの大金扱いなのだけど。

(ていうか、そもそも「パーティー」っていつどこでやってるものなの?)

素朴な疑問に首をかしげながら、私は一階を横切ってなんとなくエスカレーターに乗って地下へと向かう。すると半分も降りないうちに、どこからかパンの焼ける香りが漂ってきた。一歩踏み出すと、パンの他にも色々な食べ物の匂いがごっちゃになって押し寄せてくる。

「はいこれからタイムセール！　焼豚《チャーシュー》一本がなんと千円！　いかがですかー！」

白衣を着てワゴンの前で声を上げるおじさん。その隣のブースでは、華麗な手つきでお寿司を握る板前さんがいる。そこに列を作ったおばさんたちは、楽しそうにきゃあきゃあと穴子の一本握りなんかを指差して笑っていた。

（なんか、ほっとするなあ）

一階のつんとすました雰囲気はどこへやら。食品フロアでは値段だってピンからキリまで様々だ。その証拠にほら、私の目の前で湯気を上げているおまんじゅうなんて一個たったの十円。

「あのこれ、五個下さい」

ものすごく自然に私はお財布を開き、あっという間にほのあたたかい紙袋を手にしていた。小さくて可愛いおまんじゅうを、歩きながらひょいと口に放り込む。うん。黒糖があったまった香りって、なんでこんなに優しい感じがするんだろう。

ざわざわとしたデパ地下の喧噪《けんそう》は、ちょっとだけ近所の商店街に似てて居心地がいい。老若男女、年齢も性別もばらばらの人たちが夕方になると集まってくる、あのごちゃまぜな感じ。私は雨が止《や》むまで時間をつぶそうと、ぶらぶら歩き回る。

「ガレットブルトン、本日までの販売でーす」

次に引っかかったのは、洋菓子売り場。期間限定の出店《しゅってん》だというお菓子屋さんの分厚いクッキーは、一個二百円。普段なら買わない値段だけど、たまにはいいかと思って買ってみた。しかし壁際のベンチに腰かけてひとかじりすると、軽いがっかりが私を襲う。

(植物性？　それともマーガリンかショートニング？)

こういうシンプルな焼き菓子に、私はバター以外の油脂を認めない。おいしさとカロリー、ついでにおいしさと日持ちを天秤《てんびん》にかけるのは間違っていると思うからだ。それにバターの香料なんておかしなものが入ってた日には、心底悲しくなる。ついでに言うと、どうせ使うなら無塩バターよりきっちりとした味のある有塩バターが望ましい。

(フランス人に失礼って感じ)

それでも捨てるには忍びないので、食べきってしまうのが悲しい性《さが》。せめて食べたカロリー分くらいは歩こうと再び腰を上げる。すると目に入ってきたのは、求人の張り紙。こういうのってデパート全体で募集するものだと思ってたけど、実はそうじゃないみたい。注意して見ると、ショーケースの端や背後の壁にもちょこちょこと貼ってある。

（ここの雰囲気なら、大丈夫かも）

何の特技もない私が唯一得意と言えるのは、食べること。それに私のこの体型は、食べ物を売る立場になったとき、多分プラスに働くんじゃないだろうか。

もし働くならどのお店がいいかな。私は職場の下見を兼ねて、募集の出ているお店を覗《のぞ》き込んだ。

まずケーキ屋さん。これは募集の出ていたお店に限ってバツ。なぜなら、制服がフリフリでとても着こなせそうになかったから。次にお茶屋さん。悪くはないけど、すごく暇そう。でも暇なせいか一人の拘束時間が結構長い。それからお惣菜コーナー。ここは二種類あって、お洒落っぽいデリは感じがいいけど、とにかくものすごく忙しそう。さらにその隣の韓国家庭料理は、やっているのが明らかに韓国の人。

（外国の人、かあ）

きっと日本語が上手なんだろうけど、うまく接する自信がない。悩みながら歩いていると、最後に和菓子コーナーでも二つ募集を見つけた。両方とも基本的な品揃《しなぞろ》えが整っている和菓子屋で、贈答系の日持ちがするものから、生菓子《なま》まである。制服は片方が作務衣《さむえ》みたいな上下で、片方が白いシャツに黒エプロンという現代風。

（条件にはそんなに差がない。どうする？）

なんとなくこの二つのどちらかに決めたい、と思った私はさらにお店を観察した。

するとなんてことだろう！　作務衣のお店には男性が二人もいる。

ごめん。言い忘れてたけど、私は男性がちょっと苦手だ。

＊

太っている。たとえそれが健康を害するような状態ではなくとも、そのことが恋愛において与える影響は計り知れない。というより、男性の態度が違いすぎる。

ちょっと自己弁護になるけど、私は一応普通のブティックで買い物ができる。つまり、「Ｌサイズショップ」に行かなければならないほどのデブではないということ。そしてコロコロぽっちゃりの体型にお人好し面というのは、人間関係においては好印象をキープできる。だから同じ男性とはいえ、子供とお年寄りにはとってもモテるけれど。

ある種の若い男とある種のおじさんは、標準以下の容姿を持つ女性に対して、態度が露骨に冷たい。無意味に無愛想だったり不親切だったり、それは時と場所を選ばない。もちろん、世の中にはそうじゃない男性だって多いことは知っている。けれど外見から内面が判断できない以上、私にとって子供とお年寄り以外の男性は、要注意人物なのだ。

(しかも意地悪な人に限って、自分自身の容姿は棚上げなのがムカつく。だってずるいよね？　私は確かにデブだけど、あんただってハンサムとは十億光年くらい離れてるよ、って言ってやりたい)

というわけで、私はもはや悩むことなく黒エプロンのお店の方へ行き、店員さんに声をかけた。

「あのう、すいません。アルバイト募集を見てきたんですけど」

「あっ、そうですか。ちょっとお待ち下さいね。店長を呼んできますから」

同じ年くらいだろうか。ミディアムヘアで可愛い感じの女の子は、ぱたぱたと店の奥へ消えた。そしてしばらくしてから、店長さんらしき人物が姿を現す。

「あなたがアルバイト希望の方？」

黒エプロンに黒パンツというシックな制服に身を包んだ女性は、ぱっと見ではいくつなのかわからない。お姉さんと呼ぶには落ち着いた雰囲気だし、かといっておばさんなんてもってのほか。ふわりとサイドを流したさわやかなショートヘアがよく似合う、大人の女性だ。

「あ、はい。今日はたまたまここを通りかかったので、履歴書とか持ってきてないんですけど」

緊張しながら答えると、女性はにっこりと笑う。

「和菓子がお好きなのかしら」

「はい。食べるのは大好きです。けど、知識はありません」

「そう。でもうちを気に入ってくれて嬉しいわ。良かったらまた明日、履歴書を持ってお昼過ぎに来てもらえるかしら？　デパート側の決まりで、一応面接をしなきゃいけないことになってるから」

そう言って女性はカウンターに置いてあったショップカードと、一つ百円の小さな薯蕷《じょうよ》まんじゅうを手渡してくれた。うん。こんな人の下でなら気持ち良く働くことができそうだ。私は手の中の和紙を見つめて、小さくうなずく。

再びエスカレーターに乗り外に出てみると、雨はすっかり上がっていた。雲一つない青空を見上げ、私は貰ったばかりのおまんじゅうをぱくりと頬張った。

うん、おいしい。これなら大丈夫だ。

*

翌日の面接は本当に型通りのもので、店のバックヤードで履歴書を見せたあと簡単なやりとりをしたら、すぐに店長は「はい、それじゃあ採用ね」とにっこり笑った。

「えっと、いいんですか？」

思わずたずねると、逆に首をかしげられる。

「だって履歴書に何ら問題はないし、愛想も良さそうだし、それに何より爪が短くて清潔だもの。断る理由がないでしょう？」

私ははっとして、自分の指を見つめる。ウインナーみたいで爪なんか伸ばす気にもなれなかった指。マニキュアなんか似合わないからと、ただ磨くだけにしておいた爪。

（それを評価してもらえるなんて……）

心のどこかがきゅんとする。知らず、私は胸の前で両手を祈るように組み合わせていた。

「というわけで、私は椿《つばき》はるか。ここ『和菓子舗・みつ屋』東京百貨店の店長です。これからよろしくね」

「は、はい。こちらこそよろしくお願いします！」

立ち上がって勢い良く頭を下げると、椿店長もすっと腰を上げる。

「じゃ、フロア長のところに行きましょうか」

「フロア長？」

「そう。私はみつ屋の社員だから、あなたの採用を決定することができます。けれどここがデパートである以上、働くにはデパートの社員さんの許可もまた必要なのよ」

だからその顔見せに行かなきゃね。すたすたと歩き出した椿店長の後を追って、私はフロアの隅にある扉の中に入った。ちょうど階段の真下に当たるであろうそこは、斜めの天井も息苦しい三角形の小さな部屋だった。

「フロア長、みつ屋の椿です」

椿店長が声をかけると部屋の一番奥、角度が一番狭まったあたりでパソコンを叩《たた》いていた人物が椅子を回して振り返る。こっちをじろりとねめつけたのは、一重《ひとえ》の上に不機嫌そうな表情のおじさん。

「ああ、昨日話してた新人か。採用決定？」

「はい」

その返事を聞くとフロア長は机の引き出しを開け、がちゃがちゃかき回した末に何かを拾い上げた。

「ほれ」

私に向かって伸ばされた手。おそるおそる近づいて受け取ると、それは店員さんが制服につけている名札だった。

「この名札は東京百貨店で働く人の証明書みたいなものだから、なくさないように」

「あ、ありがとうございます」

これをもらえたということは、合格と受け取っていいんだろうか。私が頭を下げると、フロア長はあっという間にパソコンに向き直ってしまった。そしてなぜか、背を向けたままで話を続ける。

「ところで椿さん」

「はい」

「新作はどうなってるの」

顔を一切合わさないで会話してるなんて、まるで喧嘩した後みたい。でも、二人はごく普通のトーンで喋っている。てことはこれが普通？

「あと一週間くらいで来ますよ。月がわりですから」

「そう。楽しみにしてるよ」

「ありがとうございます。次は自信作ですからね」

「椿さんとこって自信作しかないわけ」

フロア長の軽い皮肉と思われる言葉に、椿店長はしかし軽く微笑《ほほえ》みながら答えた。

「いつも最高においしくて綺麗なものを作ろう、って職人さんたちが頑張ってるんです。自信があって当たり前じゃないですか」

それじゃ失礼します。椿店長はフロア長の背中に向かって軽く頭を下げると、私をうながして部屋を後にした。

その後、店に戻った私は先輩アルバイトの桜井《さくらい》さんを紹介してもらい、細々《こまごま》としたことを教わった。

「先輩っていっても同い年だし、バイトはじめたのだってほんのひと月前だから、わからないことも多いんだけどね」

大学生だという彼女は、それでも手際良く関係者用の出入り口やロッカールーム、それにお手洗いの場所なんかを教えてくれた。

「制服はシャツとエプロンだけが貸与《たいよ》で、下はきちんとした感じのする黒であればスカートでもパンツでも自由なの。あ、でも超ミニとか作業に影響するほど裾《すそ》の長いロングなんかは駄目ね」

バックヤードに入り、『制服』と書かれた段ボール箱の中から二人でLサイズのシャツを探す。みつ屋は壁に面した大きめの店舗なので、狭いながらも専用のスペースがあるのだ。

「あと、足下は自然な色のストッキングか、パンツであれば何でもよし。靴も黒でローヒールのパンプスかローファーみたいのならいいみたい」

要するに、店員らしく小綺麗であればいいらしい。私は頭の中で自分のワードローブをチェックする。靴は黒のローファーがあるからそれでいいとして、下はどうしよう。黒いパンツは持ってないし、スカートは喪服のセットしかない。

(でもまあ、下も制服でサイズがないとか言われるよりマシか)

だったら帰りに買って帰ろう。ようやく掘り出したシャツに二人で歓声を上げながら、私はお財布の中身に祈りを捧げる。どうか、どうか安い服がありますように。

＊

結果的に、スカートは二枚で千円という激安品が見つかった。しかもちゃんとLサイズで、膝までの丈もある。

「近所は侮《あなど》れないなあ」

私はおばちゃん御用達《ごようたし》ブティックの店内を見渡してしみじみとつぶやいた。

というのも、最初に寄った若者向けのファッションビルでは、「黒いスカート」はそのどれもが「サイズなし、余計な飾りつきすぎ、ゴスロリ」という三重苦を背負っていたし、次に向かった別のデパートでは、「シンプルだからこそ極上」という値段のよそゆきスカートしかなかったのだ。

もうこうなったら、となりふり構わない気分で訪れたのがここ『モードブティック・ラ・メール』。普段だったら絶対に足を踏み入れないような店だけど、おばちゃん系の店ならシンプルなスカートがあるかと思ったのだ。

（別の意味で飾りが多い服はあるけどね）

虎の刺繍入りセーターやヒョウ柄のスパッツ、それに葉っぱとてんとう虫柄のトレーナーを見て、私は力ない笑みを浮かべる。

＊

初出勤日は、とにかく商品の名前と値段を覚えるので精一杯だった。みつ屋は乾きもののおせんべいや落雁《らくがん》にはじまり、日持ちのする羊羹に最中《もなか》、どら焼きや大福といった普段使いのお菓子、そして季節の上生菓子と案外アイテム数が多く、私は商品カタログを家に持って帰って必死で暗記した。

二日目、桜井さんは講義があるからと早上がり。私と店長だけの時間は初めてなので、緊張する。一応胸の名札に「研修中」とは書いてあるものの、お客さんにはそんなの見えていないらしい。

「ちょっと、こっちお願い」

急に呼び止められると、どきっとする。私はまだレジを任されてはいないし、かといって完璧な説明ができるわけでもない。

「はい、いらっしゃいませ。今日はいかがいたしましょう」

まずは噛《か》まずに言えたことにほっとする。和菓子屋さんは年配のお客様も多いから、言葉遣いはできるだけ丁寧にと注意を受けていたのだ。そしてなんでもこなすように見える桜井さんも、敬語だけは苦手らしく自分専用の小さなメモをエプロンのポケットに入れていた。

「だってたまに目で確認しておかないと、いかがすか、とか言っちゃうのよ」

そのときは人ごとだと思って笑っていたけど、いざ自分が喋るとなると、なるほどテンパってしまう。

「季節のお菓子は何がおすすめかしら」

上生菓子の説明だ。お茶の席とかで使うような、形や色が綺麗なお菓子。これは和菓子屋にとって花形商品だけど、自分にとっては一番馴染《なじ》みのないジャンルなだけに覚えにくかった。しかも私はまだ、上生菓子を自分で包んだ経験がない。

「まず、端午《たんご》の節句ということで『兜《かぶと》』というお菓子がございます」

それから、それから何だっけ？　私は頭の中を必死で検索する。たずねようにも椿店長は接客中だし、その上今に限ってアンチョコの紙を持っていない。

（えーと、確か季節ものは三種類。今は五月で、確か一つは五月の花……）

「あ、それからこちらが『薔薇《ばら》』です」

よし、あと一つ！　なのに最後の一個が出てこない。確か葉っぱみたいな形だったはずだけど、名前がどうしても思い出せない。

（最悪、ショーケースを上から覗き込めばわかるんだけど……）

でも、私の背丈でそれをやるとなると、かなり見苦しい状態になるはず。私が口ごもると、お客さんが先をうながすように「それから？」とたずねてくる。

「それからですね……」

喋りながら、カウンターの上にさりげなく両手を置く。そしてお客さんの方を向いたまま踵《かかと》を上げようとした、そのとき。

「それから、五月最後のお勧めは『おとし文《ぶみ》』です」

突然、私の右側から声がした。

「えっ？」

「『おとし文』の形ですが、ご覧いただければお判りいただけるように巻いた葉とそれにとまる露を模しております」

突然現れたのは、私と同じ制服を着た男性。ごく自然な口調で喋りながら、私とお客さんのそばに寄ってきた。

「そしてこれは、こういった形に葉を落とす虫の仕業《しわざ》を見た人が、まるで紙を巻いて落としてある文のようだと感じたことから名づけられたお菓子です」

すらすらとよどみなく話す男性は、どう見ても二十代。

（なんで、なんでここに若い男が？）

混乱する私を尻目に、男性とお客さんはなごやかに談笑している。

「文っていうのは、ちょっと素敵ね。お味は？」

「上品なお味の練《ね》り切《き》りですから、さらりと溶けてさわやかな後味ですよ」

「そう。じゃあこれ、十個包んでちょうだい」

男性はお客さんにうなずくと、ふと思い出したように私の方へ向き直った。

「君、お会計はしたことある？」

「え？　いえ、まだですけど……」

「そう。じゃあ5番の箱を使うから、包装紙と紙袋を用意しておいて」

「あ、はい」

言われるがままに用意をはじめると、男性はショーケースの中の引き板をすらりと引き寄せ、上生菓子のケースを丁寧にお盆の上に載せていった。危ない。私だったら、きっと直接紙箱に入れていたことだろう。

「こちら十個でよろしいでしょうか」

男性はお客さんの前にお盆を置き、確認を取ったあと箱に詰めていく。上生菓子を扱う手つきはこれ以上ないってほど丁寧で、包装も上手だ。

「ありがとうございました。またお待ちしております」

流れるような接客にきちんとした知識。もしかしてこの人は、みつ屋の社員なのだろうか。

(にしても、男がいるなんて聞いてないし!)

深いお辞儀でお客さんを見送ってから、男性が顔を上げる。整った眉に、さりげなく遊ばせてある髪。

(しかも何、その細さ!!)

カウンターに立ったとき、壁とショーケースの間にもう一人分のスペースが空くのは桜井さんや椿店長と同じ。その証拠に、エプロンの紐《ひも》が彼女たちと同じくらい余っている。なのに身長はもっと高いなんて。

(……女子の立つ瀬なし、って感じ)

表参道のオープンカフェでギャルソンでもしていそうな容姿に、私は激しく気後《きおく》れした。正直言って、かなり苦手。お洒落でスタイルがいい若い男性となんか、一生口をきくことなんかないと思ってたし。

「あの、ありがとうございました」

恐る恐る声をかけると、男性がこっちを見る。

「君、新しい人？」

「はい。一昨日《おととい》から入りました、梅本杏子です。よろしくお願いします」

とりあえず失礼のないように。そう思って頭を下げると、男性は私の方を見てから一瞬顔を歪《ゆが》めた。はいはい。どうせ期待はずれですよ。残念でした。

「立花《たちばな》です」

そうですか。私は次の言葉を待って口をつぐんでいたが、なぜか沈黙が流れる。

（それだけかいっ⁉）

下の名前とか、社員かバイトなのか、でなきゃせめてよろしくとか、そういうの何にもなしってどういうこと？　ものすごく無口って思うには接客が上手すぎたし、同じ理由で人見知りも却下。でもって導きだされる答えは、二つに一つ。一、お菓子の名前も覚えていない新米に苛《いら》ついた。二、こういう容姿の女に名前以上のことを説明する気はない。

（でも、だからってどうしろと……？）

もし一だった場合、また話しかけたら余計に怒らせてしまいそうだし、二でも結果は同じだろう。正面を見つめたまま微動だにしない立花さんの隣で、私もまた軽くフリーズした。

そんな中、接客を終えた椿店長が戻ってくる。

「あら、立花くん」

助かった！　椿店長なら、この膠着《こうちゃく》状態をなんとかしてくれるだろう。

「店長、休みの間はご迷惑をおかけしました」

「ああ、そんなの気にしなくていいから。ところでこちら新しいアルバイトの梅本杏子さん。もしかしてもう挨拶《あいさつ》とか、した？」

「ええ、まあ」

いやいやいや！　してないに等しいですって！　私が心の中で叫んでいると、さらに立花さんは椿店長にまで失礼な発言をする。

「それより店長こそどうなんです。見たところ、まだ全部教えてないみたいですけど」

なにそれ。私がお菓子の名前を覚えてなかったのは、椿店長の教育不足とでも言いたいわけ。けれど椿店長はそんな皮肉など聞こえてない風に、カウンターの端にある生け花に手を伸ばした。

「梅本さんは期待の新人なんだから、ゆっくりわかってもらえればそれでいいのよ。

それより立花くんこそ、ちゃんと教えてあげるのよ。じゃないと……」

じゃないと、何だろう。何かペナルティでもあるんだろうか。

「前みたいなことになるわよ」

しおれかけた花を引き抜き、ゴミ箱に捨てる。おお、なんか迫力。これが店長の凄《すご》みってやつなのかな。ぐっと言葉に詰まった立花さんは、悔《くや》し紛《まぎ》れなのかさりげなく顔をそむけた。

二人の間で固まっていた私に、椿店長が補足の説明をしてくれる。

「梅本さん、繰り返しになるかもしれないけど、彼は立花早太郎《そうたろう》くん。みつ屋の社員で、職人さん希望だから和菓子のことにはとっても詳しいの。わからないことがあったらどんどん聞いてね」

ほうほう。職人気質《かたぎ》だから気難しいんだろうか。

「とはいえ彼は接客も上手でね、彼のお勧めでしか買わないってお客様もいらっしゃるくらいなのよ」

「そうなんですかあ」

いかん。どうしても声が無表情になってしまう。

「とにかく、仲良くやってね。これから午前中はこの三人で回していく予定だから」

マジで⁉　しかもこんな態度の人と？　ああ、せめて履歴書を出す前にこのことを知っておきたかった。

「はあ……」

「桜井さんはこれから大学が忙しくなるから、遅番を希望してたの。そしたら梅本さんが来てくれたでしょ。だからこの先は、梅本さんが早番、桜井さんが遅番って感じでいこうと思ってるの」

なるほど、そういうことか。いや、私だって人数が少ないとは薄々感じていたのだ。だってデパ地下の営業時間は午前十時から午後八時。通しで働くのは無茶だし、となると店長の他に早番と遅番、それにもう一人正社員がいないと店長が休めない。つまり、最低四人は店員が必要なのだ。

（でもそれが男、それもこんな意地悪そうな人だなんて！）

聞いてないよー、とどこかのコメディアンが頭の中で叫ぶ。

＊

仲の悪い店長と社員。そしてその間に呆然《ぼうぜん》と挟まれてしまった新米アルバイト。もうどうしろって感じの微妙な空気の中、それでもお客さんはやって来る。

「あの、すいません」

見ると、ＯＬさんっぽい女性が椿店長に向かって話しかけていた。

「はい、いらっしゃいませ。本日は何がご入り用ですか？」

「上生菓子をいただきたいんですけど」

ケースの中と手持ちの封筒を見つめながら、女性は指を折る。

「えーと、十個ほど」

「統一した方がよろしいですか？　それとも何種類か入れた方が？」

「そうですね、一種類じゃ寂しいかも」

ということは季節のものを三種類か。私は箱を取り出して次の展開を待った。しかし椿店長は、意外な言葉を口にする。

「あ、でも『兜』と『おとし文』はいいとしても、『薔薇』はやめておきましょうか？」

ん？　私は思わず首をかしげた。それは女性も同じだったようで、びっくりしたように片手を口に当てている。

「本当！　でもどうして、そう思ったんですか？」

椿店長は上生菓子をそれぞれ五個ずつお盆に載せ、ショーケースの上に出した。

「おそらく、召し上がる方がある程度お年を召した男性ではないかと思ったからです」

「……その通りです」

あなたは魔法使いですか。そんな表情で私と女性は椿店長を見つめる。しかし立花さんはそんな出来事には関心がないらしく、送られてきたファックスなどを黙々と整理している。

「当てずっぽうですよ。だってお客様はバッグも何も持たずに封筒だけ持ってらっしゃるから、近くの会社にお勤めの方なんじゃないかしらと思っただけで」

いや。それで何故《なにゆえ》男性？　しかもおじさんだとわかる？　私と同じように首をかしげた女性に、椿店長は微笑みかける。

「今は二時。ランチに出た方が帰りに立ち寄る時間ではないし、ということはおつかいを頼まれたということ。しかも洋菓子ではなく和菓子を指定されているとなると、あっさりとしたものを好む年齢の方のイメージが浮かんできました」

「すごい。本当にそうなんですよ」

「だったら『薔薇』は可愛すぎるでしょう？」

椿店長、すごい。女性もすっかり感動してしまったようで、封筒を握りしめて激しくうなずいている。

「私、これからこちらを使わせていただくことに決めました！」

「そんな、無理なさらないで下さいね。ときによって洋菓子が召し上がりたくなるときもあるでしょうし」

流れるような手つきで箱に紐をかけ、レジを打つと領収証を取り出す。女性はそれを見て思い出したのか、慌てて封筒から名刺を取り出してショーケースの上に置いた。

「あの、私の直属の上司が茶道を嗜《たしな》む人なんです。だからほとんど洋菓子は頼まれないと思います」

「そうなんですか」

名刺と領収証を重ねて、女性に差し出す。

「あと五日ほどしたら新しい季節のお菓子が入りますから、またいらしていただけると嬉しいですね」

あ、そうそう。こちらが季節のお菓子の予定表です。そう言いながら椿店長は、小さな紙を袋に滑り込ませた。

「もちろんです！　お菓子にも一家言《いっかげん》ある人だから、きっと喜びます。だって君はこんな感じ、なんて言いながら撫子《なでしこ》のお菓子をデスクに置いていったりするんですから」

えっと、それって結構恥ずかしくない？　それとも年配の人だからお茶目にうつるんだろうか。女性は帰りしな、椿店長に向かって嬉しそうにお辞儀をしていた。

「ありがとうございました！」

私は一緒になって頭を下げ、女性の姿が見えなくなったら椿店長に話を聞こうと思っていた。しかし、間《ま》の悪いことに次のお客さんが来てしまった。しようがないので接客を見ていると、包材のチェックに来た立花さんがぼそりとつぶやく。

「店長にとってはあんなの、いつものことだから」

だから浮かれるな。そう言いたいのだろう。

「あ……そうなんですか」

「それに君はまだ、バックヤードでの店長を見ていないだろう」

バックヤード？　意味がわからず私は立花さんを見返した。無表情な顔。さっきお客さんに見せてた笑顔は売り物かっつーの。

「何ですか、それ」

「時間の問題だろうけど、あの人にはあんまり期待しないことだね」

重ね重ね失礼な奴。私は無言でうなずき、ショーケースの上にある個包装のお菓子を整えるふりをして、彼から離れた。

＊

三時に三十分休憩をもらったので私は従業員用の通路に入り、『休憩室』と書かれた部屋に向かう。ここはテナントで働く従業員共通の休憩室で、だから私たちも自由に使っていい場所なのだと桜井さんに教えられた。しかし、ドアを開けた瞬間私は再び凍りついた。

（……煙草くさっ!!）

一瞬、視界が霧に閉ざされているのかと錯覚するほどの煙が室内には満ちている。そしてその煙の中から、こちらをじろりと見る女たちの顔、顔、顔。化粧の濃い顔、疲れたような目の顔、好奇心丸出しの顔。私はその視線に耐えきれず、開けたドアをそのまま閉めてしまった。

（あんな中にいたら、薫製《くんせい》になっちゃいそう）

要するに、『休憩室』というのは体《てい》のいい喫煙所なのだろう。にしてもあんな風になるまで吸うって、一体どれほどのストレスを抱えてるんだか。廊下の途中にある自動販売機でジュースを買ってから、私はみつ屋のバックヤードに向かう。そういえば昨日、桜井さんもここで休んでいたっけ。

しかしバックヤードのドアに手をかけた瞬間、中から異様な声が聞こえてきて私はぴたりと動きを止めた。

「来い！　来いったら来い！　おらあっ!!」

……私、何か悪いことしたかな。だって普通に働いてるだけなのに、なんでこんな強烈な場面にばっかり遭遇するわけ。缶ジュースを持ったままドアの前で立ちすくんでいると、不意に横から肩を叩かれた。

「立花さん」

店の横から半身《はんみ》を出した彼は、そのままドア近くの壁を軽く叩きながら声をかける。

「店長。梅本さんが休憩に入りますから静かにして下さい」

「てん、ちょう……？」

「あらごめんなさい。聞こえてた？」

そう言ってドアを開けたのは、まさに椿店長その人だった。

「どうぞ入って。もう、うるさくしないから」

さっき聞こえてきた叫び声が嘘のような、さわやかで優しそうな微笑み。私がおどおどとバックヤードに足を踏み入れると、椿店長は壁際にあった折り畳み椅子を広げ、私のために場所を作ってくれた。

「ありがとう、ございます」

狭い室内には包材や日持ちのするお菓子のストックを並べるため、金属製のラックが両側にそそり立っている。そして椿店長はその一番奥にノートタイプのパソコンを置き、その前に座っていた。

「……聞こえちゃったのね？」

丸椅子に腰を降ろした椿店長は、いたずらをみつかってしまった子供のような表情で私を見る。

「あの、何かあったんですか？」

理由がわかれば、納得できるかもしれない。私は一縷《いちる》の望みにすがってたずねてみる。なのに椿店長は、満面の笑みでこう言った。

「株よ」

「え？」

それって木を切った後に残る、あれじゃないですよね。冗談が口をついて出そうになったが、無理して呑《の》み込む。

「今、趣味で投資にはまっててね。ちょうどさっき市場が動いたから、興奮しちゃって、つい」

つい、って！　しかも仕事中に株って！　私は絶句したまま、とりあえずうなずく。

「ごめんなさいね、驚かして」

「いえ……」

「ずっと地下にいると退屈しちゃうから、事務仕事のついでの息抜きっていうか、ね」

そうか。さっき立花さんが言ってた「バックヤードの店長」っていうのはこのことか。私はそこでふと、フロア長とのやりとりを思い出す。

（なんかふくみがある感じがしたのは、これだったのかな）

聖人君子じゃないんだから、誰だって裏の顔があって当たり前だ。けれど天使と悪魔ほど落差があるのは、かなりヤバい。

（やっぱこれもストレス？）

もしも怒らせたりしたら、一体どうなってしまうんだろう。どんよりと落ち込む私に、椿店長はことさら明るく話しかけてくる。

「でもね、どんな趣味でも絶対いつかどこかでつながる日が来るのよ」

「はあ」

「だから私が騒いでても、気にしないでね」

ものすっごく言い訳っぽいし、適当な感じなんですけど。私は缶ジュースを口に運びながら、視線を合わせないようにして休憩を終えた。

好意的とは言えない立花さんに加え、頼りにしていた椿店長までもが信用できない状態。しかも桜井さんとはこれから、交代のときにしか会えそうにない。私の頭の中に、昔習った四文字熟語がアレンジバージョンで点滅する。

超絶四面楚歌。

(ていうかもう、ホントに辞めたいんですけどー!!)

＊

おだやかな職場を目指して街に出たはずが、その内情は商店街よりも強烈だった。

それでも一週間持ったのは、合間にお休みが一日あったことと、椿店長の叫び癖が人に向けられることはないと悟ったから。

「ごめんなさいね、二日続けてのお休みは申請制なの」

休み前、そう言ってくれた椿店長はやはりいい人だと思う。ただ、ちょっとばかりストレスの解消方法が変わってるだけで。

その夜、私は遅く帰ってきた兄にふとたずねてみた。

「ねえお兄ちゃん、会社で仕事中にインターネット見ちゃったりする？」

「うーん、まあな。私用の短いメールとか、野球の試合結果とかなら、ちょこちょこっと見るかな」

それがどうした、と聞かれて私は首を振る。

「ううん、なんでもない」

多分、叫び声さえなければ結構普通なことなのだ。私は自分を納得させるように、ひとりうなずく。

辞めるにしても、せめて一ヶ月は我慢しよう。

＊

アルバイトに入ってちょうど一週間目。五月最後の日、それも開店早々にそのお客さんは再び現れた。

「あの、まだ季節のお菓子は替わってませんか？」

急いで駆けてきたのか、息を切らしながら言う。この間、上生菓子をおつかいで買いにきたOLさんだ。

「はい。五月一杯ですから、今日はまだ替わってません」

私が答えると、ほっとしたようにショーケースに手をついた。

「じゃあ『おとし文』を一つと『兜』を九個下さい」

ん？　『おとし文』は一つだけ？　私は思わずショーケースの在庫を確認する。うん、別に残り一個というわけじゃない。

「あの、申し訳ないんだけどちょっと急いでくれるかしら」

女性は時計を気にしながら、みつ屋の店先をきょろきょろと見回す。でも間の悪いことに、椿店長はフロア長のところへ出かけてしまっている。

「かしこまりました」

私はできるだけ手早くお菓子をお盆に並べ、確認をしてもらったあと、箱を出そうと振り返った。するとなぜか、カウンターの上にぴったりサイズの箱と包材がセッテイングしてある。

「お会計はやっておきますから」

ショーケースの反対側からさっと姿を現した立花さんが、領収証用のペンを片手に電卓を叩く。人としては嫌な奴でも、店員としては完璧だ。

「ありがとうございます」

立花さんに手伝ってもらったおかげで、私は注文の品を慌てることなく綺麗に包むことができた。紐がけがきりりと決まったときって、なんて気分がいいんだろう。

「ありがとうございました。またお待ちしております」

女性は私に目線で会釈をすると、紙袋を下げて足早に去っていった。

ほどなくして戻ってきた椿店長に先刻の一件を報告すると、話がある一点に差しかかったあたりでいきなりその表情が変わった。

「『おとし文』を一つと、『兜』を九個ですって？」

「はい。在庫はショーケースに並んでましたから、お客様にも見えてたはずなんですけど」

「そう、それは変わったセレクトね……」

腕組みをする椿店長。また何か思い当たることでもあるのだろうか。

「もしかしたらこの間召し上がった方から、リクエストがあったのかもしれませんよ」

立花さんが横で塩大福の山を器用に整えながらつぶやく。

「リクエスト、ねえ」

「確かあのお客様の上司は、茶道を嗜まれる方だったと聞きました」

「だったら、注文をつけるのもありですね」

私は言いながら、立花さんの技に驚いた。竹で出来たトングで柔らかいお餅を摑《つか》むのは案外難しく、私は今までに何個か破いてしまっている。なのに彼は、いとも簡単そうにすいすいと盛ってゆく。

「それにしたって、バランスが悪いわね」

「全部『兜』だったら、わかりやすいんですけどね。五月人形だから男性のイメージだし、勝負に勝つような印象があるから験《げん》もいい」

「験かつぎ、ねえ」

それって試験の前にカツ丼、みたいなものだろうか。

「じゃあ商談でもあったんですかねえ？」

目の前の通路を見るとはなしに三人で眺めつつ、話を続ける。時間はまだ十時台だから、デパ地下的には比較的暇な時間帯なのだ。しかも午前中に和菓子を買いにくる人となるとさらに少ないので、余裕がある。

「でもそれだと一個だけの『おとし文』の説明がつかないわ」

「もしかすると、一人だけ女性がいたんじゃないでしょうか」

立花さんはつまらなさそうな顔をしつつも、案外積極的にこの話題に参加してくる。

「でもこの間、年配の男性だっておっしゃってましたよね」

「買われた数も同じ。ということは同じメンバーだと思うんだけど」

「担当者が替わって女性が入ったということは」

しかし果たしてそれは気遣いと言えるだろうか。十人の中、女性だからということで一人だけ違うお菓子を出されたら……。

「私だったら、いじめられてる？　とか思っちゃいますけど」

思わず口をついて出た言葉に、立花さんが反応する。

「いじめられてる？」

鋭い視線。ああもう、だからこういう状態ですってば。体型による被害妄想かもしれませんけどね！　背の高い立花さんに見下ろされて、私はそっと肩をすくめた。

「いじめ、かあ」

そんな私たちのやりとりなどどこ吹く風で、椿店長はぼんやりと壁にかかった時計を見ている。

「あ、忘れてた」

椿店長はふとつぶやくなり、くるりと踵《きびす》を返す。そしてそのままバックヤードに入ってしまった。

「え？　あの……」

何が起こったのかわからず戸惑う私に、立花さんはクールに言い放つ。

「どうせ、株が動きやすい時間にでもなったんでしょう」

＊

結局その後、少ないながらもお客さんが途切れることなく来たため、例のＯＬさんの謎はそのまま翌日まで持ち越しとなった。

（あそこまで話し合って結論が出ないと、なんか気になるなあ）

朝の電車でも同じことを考えながら、私は必死につり革につかまる。ラッシュ時、背の低い人間は圧倒的に不利だ。

八時半、デパート裏の道から従業員専用の入り口をくぐる。守衛さんに名札を見せ、ロッカールームに行って制服に着替えた。そして貴重品やハンカチなどを支給される透明なビニールバッグに入れ、売り場へと向かう。

にしてもこのバッグ、元は店員による万引を防止するために作られたって聞いたけど、なんだか失礼な話だ。

(もうちょっと人を信頼してほしいよね)

しかもこれ、持ってると微妙に恥ずかしいのだ。透けてるから当たり前なんだけど、自分の財布やハンカチの柄までもが他人に見えてしまう。そうしたくない人はポーチを何個か入れてたりするけど、それも隠してるみたいで嫌だし。

そして九時、みつ屋のレジ横にあるタイムカードの機械に、自分のカードを入れてようやく出勤完了。バックヤードに透明バッグを置いたら、まずは届いているお菓子のチェック。

「おはようございます」

「おはよう、梅本さん」

先に来ている椿店長に挨拶して、店のスペース内に積み上げられた板重《ばんじゅう》を開ける。ちなみに板重っていうのは、学食でよくパン屋さんが使ってる長方形で浅い箱みたいなやつね。一番上に載せられた封筒から伝票を出して、中に並んだお菓子と照らし合わせてゆく。するとその中に、見慣れない上生菓子が入っていた。

「あれ、これって……」

手元の伝票には『青梅《あおうめ》』、『水無月《みなづき》』、『紫陽花《あじさい》』の文字。

「新しい季節のお菓子が来たわね」

板重を覗き込んで、椿店長が笑う。そうか、もう今日から六月なんだ。

「梅本さん、チェックが終わったら二セットほど別にしておいてくれるかしら」

「はい、わかりました」

私が数え終わった上生菓子を引き板の上に並べている間、椿店長は和風のカードにお菓子の名前を筆ペンで書いている。

「それと乾きものまで終わったら、さっきの上生菓子を一セット、開店前にフロア長のところへ届けてきてくれる？」

「はい」

言われた通り落雁やおせんべいなど日持ちのする箱菓子のチェックを済ませ、小さめの箱に三種類の上生菓子を詰めた。そして私は、フロア長のいる階段下の小部屋へと向かう。

「失礼します。みつ屋の者ですが」

半開きのドアから声をかけると、のっそりとフロア長が振り向いた。

「何」

「あの、椿店長がこれをと」

私が箱を差し出すと、フロア長はそれを受け取りもせず、いきなり蓋《ふた》を開けた。

「ああ、新しい季節のお菓子か」

小さくつぶやきながら無造作に『青梅』をつかみ出し、ぽいと口に放り込んだ。

（ええっ⁉）

「うん……」

フロア長は軽くうなずき、ごくりと喉を鳴らすと次は『紫陽花』、そして『水無月』とあっという間に平らげてしまう。朝からあんこ系の和菓子を三個、それも一気食いって。

（……どれだけ甘党？）

私が何も言えず立ちすくんでいると、フロア長は再びくるりと背を向け、片手を上げた。

「椿店長に言っといて。今月の重点商品におたくんとこのを載せるから、広報に写真届けておいてって」

「はい。ありがとうございます」

どうやら気に入ってくれたらしい。私が帰ってそのことを伝えると、椿店長は嬉しそうに笑った。

「よかった！　写真を載せてもらえると、ぐっと売れ行きが伸びるのよ」

「カタログに載るって、そんなに違うものなんですか？」

「もちろん。特に年配のお客様なんかは、写真を頼りに買うものを決めていらっしゃることが多いし」

なるほどねえ。確かに私もデパートに置いてあるリーフレットは、なんとなく熟読したりする。特にカラフルな食料品のあたりを。

「それにしてもフロア長って、食べるの早いですね」

「初めて見るとびっくりするでしょう？　でもあの人、あの調子で毎月すべての店の新製品を食べてるのよ」

「すべて、ってこのフロア全部ですか」

ちょっと待って。確かこの階には、三十店舗くらい店が入ってたはずだけど。

「胃が丈夫よねえ」

いやいやいや、そうじゃなくて。

「でもあの人、舌は確かよ。だから自分が食べて、これはいけると思ったものしかプッシュしないの」

まあ、それはある意味誠実な感じがするけど。でも。

（健康には、良くないよね……？）

首をかしげながら箱菓子を積む私の横を、出勤してきた立花さんがすり抜ける。時計を見ると、九時五十五分。今日は中継ぎのシフトだから、彼は十時から七時の勤務になっていた。

「おはようございます」

「おはよう、立花くん」

挨拶を交わし、それぞれが最後にもう一度身支度を整えたところでカウンターの中に立つ。すると間もなく、館内に軽やかな音楽が流れ始める。

『従業員の皆さん、東京百貨店は開店二分前になりました。指定の配置につき、お客様を迎える準備をして下さい』

全館放送が二度繰り返されると、いよいよ開店だ。一番乗りのお客さんが通路を通り過ぎるたび、皆が「いらっしゃいませー」と頭を下げる。急な手みやげを買いに来た人や朝が早そうなお年寄り、それに限定品を手に入れようと早起きした人などが目当ての店に辿《たど》り着く頃、ようやく一段落つく。

フロアの通路をざっと見渡した椿店長は、ショーケースの下段を開けて何かを取り出した。

「梅本さん、立花くん、こっちへ来て。今のうちに試食をするわよ」

「試食?」

「そう。新製品が出たときは、お客様に説明できるように皆で食べるの」

ちょっといい仕事でしょ。そう言いながら椿店長は、楊枝《ようじ》で三種類の上生菓子を四等分し、桜井さんの分を先に取り分けておいた。

「はい。それじゃどうぞ」

楊枝を渡されて、まずは『紫陽花』を一口。カラフルな寒天の角切りで包まれた中に、シンプルな白餡《しろあん》が入った綺麗なお菓子だ。味は思いのほかあっさりしていて、口の中で餡がさらりと溶けてゆく。

(……おいしい!)

ぷりぷりの寒天にからむ、液体と化した餡。あまりの口溶けに、しばし私は無言になった。普段自分が食べていたお餅の餡は何だったの、と言いたくなるくらいの上品さ。みつ屋の上生菓子は一つ三百円から四百円もするので、ちょっと高すぎると思ってたけれど、食べてみれば適正な値段だと思う。

「うん、この餡はよく出来てる」

立花さんは目を閉じて味わい、作り手らしい表現でうなずいていた。無表情にしようとしても、口の端《はし》が上がってちょっと笑顔になってるのがおかしい。

次に食べたのは『青梅』。これも同じあんこの味だと思い込んでいた私は、中から突然出て来た甘酸っぱいものに驚かされた。

「梅味なんですね、これ」

「白餡に梅の甘露煮の裏ごしを混ぜて、さらに中心には煮詰めた梅ジャムを包んでるんですって」

ファックスで送られてきた商品説明を見ながら、椿店長も口を動かす。そして最後の『水無月』、これは初めて目にするお菓子だ。しかし今までのものとは違って、見かけがなんとも地味。

（いや、味は普通においしいけど……）

　三角形に切り出された平たいういろうは舌にひんやりとした感触を与えるし、その表面に散らされた小豆《あずき》は程よい歯ごたえとほのかな塩気を残す。しかし華麗なデザインが多い上生菓子の中では、なんとも田舎臭いというか、普段使いのお菓子のようにも思える。

「なんかこれだけ、雰囲気が違いますね」

　私が首をかしげると、立花さんがじろりとこちらを睨みつけて一言。

「縁起ものなんです」

「……食べると寿命が延びたりするんですか」

「立花くん、梅本さんが知らなくても無理ないわよ。もともとこれは京都の方の習慣なんだから」

　椿店長はショーケースの内側に貼ってあるカレンダーを指さす。

「まず、六月を水無月って言うのは知ってるわよね」

「はい」

「一年は十二ヶ月。そうするとここは、ちょうど折り返し地点。そこで昔の人は『氷の節句』という日を設けて、無事に過ごせた半年の厄《やく》を払い、これから半年の無事を祈ってこのお菓子を食べたのよ。もとになった神事の名前は夏越祓《なごしのはらえ》で旧暦の六月一日、現代では六月三十日がその行事日に当たるわ」

桃の節句とか端午の節句は知っていたけど、氷の節句なんてものがあったとは。

「でも、なんで氷なんですか？　暑いから？」

「ええ。実際、偉い人たちは暑気払いに本物の氷を口にしたそうよ。けれど冷蔵庫なんてない時代だったから、一般の人々は氷を模したお菓子で無病息災を願ったの」

そっか。せめて気分だけでも氷を食べたかったんだね。私は昔の人に思いを馳《は》せて、しみじみと『水無月』を味わった。

「ちなみに三角形は割れた氷のモチーフ、そして上の小豆は赤い色が魔よけになるということで必ず載せられるそうです」

お菓子事典のような立花さんの補足説明をメモに取り、私はうなずく。これならお客さんに聞かれても大丈夫だ。もちろん、味に関してもね。

*

十一時の声を聞くと、いきなりデパ地下は活気づく。早めにランチを手に入れにくるサラリーマンや、昼までに家に帰ろうとするお年寄りや主婦がやってくるからだ。

みつ屋は一人ずつ交代で昼休憩を取るため、私は時計を確認してタイムカードを押す。

そしてその流れを引き継いだまま十二時。一回目のピークが訪れた。辺りはお惣菜の匂いで溢《あふ》れ、通路を歩く人は皆お弁当の袋を下げている。けれどお菓子部門が本格的に忙しくなるのはやはり午後からなので、みつ屋はまだゆったりとした空気に包まれている。

「お先にお昼、いただきました」

私が声をかけると椿店長が「おかえりなさい」と迎えてくれた。私と入れ替わりに休憩を取る予定の立花さんは、ちょうど接客中らしい。若くて綺麗な世田谷マダム系の女性は、しばらく見ていてもなかなか注文が決まらない。しかもショーケースにもたれかかったりして、なんだか必要以上にゆっくりとお菓子を選んでいるような。

「……もしかしてあれ、モテてるんでしょうか」

小声でたずねると、椿店長はぷっと噴き出した。

「確かにあの方、私が近かったのに彼の方へ行ったわね」

なんにせよ、あのお客さんが帰るまでは立花さんもお昼に出られそうにない。私は薯蕷《じょうよ》まんじゅうが売れた分だけ山を整えようと、ショーケースの戸を開けた。しゃがんで片腕を伸ばし、竹製のトングでおまんじゅうを摑む。そのとき、ケースのガラス越しにこちらへ向かって走ってくる人の姿が見えた。

「すいません！」

ヒールの音も高く駆け込んできたのは、例のＯＬさん。

「はい、いらっしゃいませ」

私が立ち上がろうとしたところ、椿店長が先に応対してくれた。

「あの、ええと」

慌てた様子で女性はショーケースを見つめる。そんな彼女に向かって、椿店長は何気ない感じでたずねる。

「もしかして『水無月』をお探しですか？」

「え？　あ、はい！　そうです。その『水無月』を九個、大急ぎでお願いします！昼食会のデザートに間に合わせたいので」

「かしこまりました」

それを聞いた私は、この間立花さんがしてくれたようにサイズのあう箱と包材をセットし、領収証を椿店長の手元に滑り込ませた。そしてお菓子の確認が終わったところで、包みに入る。

「あの、なんでまたわかったんです？」女性は不思議そうにたずねる。椿店長は素早く足踏みせんばかりに急ぎながらも、ペンを走らせながら、にっこりと微笑む。

「上の方が茶道を嗜まれているとうかがったもので、そう思いました。昨日もいらして今日もいらっしゃるということは、半年ぶりの厄払いが終わったんですよね？」

「……そうなんです！」

品物と領収証を受け取った彼女は、激しくうなずく。椿店長はそんな彼女に視線を合わせて、真顔で言った。

「きっとこれから、良くなりますよ」

何か響くものがあったのか、彼女はぐっと表情を引き締める。

「はい。ありがとうございます」

私はと言えば、二人の会話にまったくついていけず、ただぽかんと突っ立っていた。なんだろう、これ。椿店長は、まるでデパ地下の占い師みたいだ。

「連日ありがとうございます。またお待ちしておりますね」

最後に深々と頭を下げる椿店長の隣で、私も慌てて頭を下げる。女性は会釈を何度か繰り返したあと、いさぎよく背を向けて駆けていった。

「店長。なんだったんですか、あれ」

突っ立ったままの私の隣で、立花さんがぽつりとつぶやく。しかし椿店長はその問いかけには答えないまま、女性と反対方向にいきなり歩き出した。そして早足で向かったのは、やっぱりバックヤード。

「うおっしゃあああ！」

壁ごしに聞こえてきたのは、意味不明の雄叫《おたけ》び。立花さんと私は無言で顔を見合わせ、またもや微妙な沈黙の中、店頭に立ち尽くしていた。

＊

五分後。満面の笑みで戻ってきた椿店長に、私たちは今度こそ説明を求めた。

「別にたいしたことじゃないわよ」

おっとりと微笑む椿店長。しかし立花さんは退《ひ》かなかった。

「いえ。このままじゃ気になって、昼休憩にも行けませんから」

「でも、ねえ」

「……店に起こったことを知っておきたいと考えるのは、店員として良くないことなのでしょうか？」

敬語百パーセントの、静かな語り口。これはなんというか、勢い良く問いつめられるより迫力がある。私は思わず、その後押しをするように訴えた。

「そうです。教えてもらわないと、気になって後の仕事がおろそかになっちゃいます」

「しょうがないわねえ」

さすがの椿店長も、二人揃っての攻撃には参ったらしい。わざとらしく大きなため息をつくと、レジ脇のメモを一枚取ってショーケースの上に置いた。

「初めてここへ来た日、あの方は十個のお菓子を買ったわね」

そう言いながら、十個の丸を書く。

「その内分けは『兜』と『おとし文』が半々。しかも買うものが上生菓子であることしか決まっていなかった」

「けれど店長が時間帯と彼女の様子から、年配の男性の集まりで使われるのではないかと当てました」

そうそう、あのときすでに占い師みたいだったっけ。

「そして最後に、上司の方が茶道を嗜まれるとうかがったから、おつかいを依頼したのはその人物だろうと思ったの」

茶道を嗜む上司を含む、十人の年配男性の集まりか。

「つまりこの十人は、会社の偉い人たちなんですね？」

「あら梅本さん、するどい」

軽く手を叩くような素振りをしてから、椿店長は丸の一つにチェックマークを入れる。

「まず、これを彼女の上司だと仮定します。そして彼女がうちのお菓子を持って帰った日、この方は当店に『おとし文』があることを知ります」

「そこで何かを思いつき、再び彼女に買いに来させたというわけですか」

「そうね。でももしかしたら、彼女が自発的に来たのかもしれないわ」

「え？　どういう意味ですか」

だって自発的におつかいに来るなんて、おかしくない？

「たとえば最初の日、お菓子を買って帰った彼女にその方は説明したかもしれない。『兜』は五月人形、じゃあ『おとし文』は何を模してると思う？　なんていう感じで」

「そんなやりとりがあったと仮定すると、次に彼女が買っていった内分けは意図的なものだと言えますね」

『兜』が九個に、『おとし文』が一個。椿店長は別の丸を一つ、斜線で塗りつぶした。

「あのとき、時間は十時を回ったばかりだったわね。そんなときに慌てて買いにくるってことは、何があると思う?」

「――予定外の会合、でしょうか」

「そう。会社の偉い人が急に午前中に集まらなければいけない事態。それってちょっと一大事な感じよね」

そんなとき、あえて彼女は一つだけ『おとし文』を買う。

「お出しするときの理由なんて、どうとでもなるわ。偶然これだけしかありませんでした、なんて言いながら自分の上司の前で、特定の人物に『おとし文』を出すの。それもこれも、『急な会合』というエクスキューズがついているから不自然には感じられないでしょう。ま、気が利かない部下だとは思われるかもしれないけど」

斜線の丸がその人物に当たるらしい。

「それが何らかのメッセージであることはわかりましたけど、一体どんな意味なんですか」

和菓子に詳しい立花さんは、自分の知らない由来があるのかと気になっているんだろう。

「『おとし文』は、確か虫が落とした葉っぱを手紙に見立てたものですよね」

すると椿店長は何を思ったか、レジの下から小さめの国語辞典を引っ張りだした。なんでも、たまに難しい言葉をのし紙に頼まれたりするから辞書は必要なのだという。

「これで『おとし文』をひいてみなさい」

言われるがままに、私はページをめくった。そしてその言葉に行き着いた瞬間、体の中を緊張が走り抜ける。

『落とし文――廊下や道端などにわざとそっと落としておく無記名の文書で、公然とは言えないことを書いたもの』

上から覗き込んでいた立花さんも、静かに息を呑んだ。

「公然とは言えない、こと……」

それはおそらく、無記名の告発。お菓子の形を借りた爆弾だったのだ。

＊

「おそらく、彼女は二度目にお菓子を買いに来た日、役員の不正を知ってしまったんじゃないかしら。けれど自分の上司に直訴しようにも、もう役員会議が始まってしまっている」

そこで彼女は、『おとし文』に全てを託す賭《か》けに出たのだ。茶道を嗜む上司なら、その意味に気づいてくれるだろうと信じて。

「裏切り者を、お菓子で示したっていうんですか！」

「多分ね」

椿店長のペン先は、斜線でつぶされた丸に二本線を入れる。

「だからこそ今日、彼女は九個のお菓子を買いに来たんだわ」

「一人、いなくなったってことですか……」

眉間に皺《しわ》を寄せて立花さんがつぶやく。

「でも、なんでいなくなったってわかるんですか？　もしかしたら一人をのけ者にして、こっそり会議を開いてるかもしれないのに」

「それはね、さっき彼女が教えてくれたわ」

「え？」

「昼食会のデザートに間に合わせたい。彼女はそう言ってたわ。でも考えてみて。お昼の会食で十二時に買いにくるってことは、お食事自体はもう出ていることになるわよね」

そして皆がそれを食べている間に買いに来た。そういうことだろう。

「でもそれっておかしな話よね。食事の手配は整ってるのに、デザートだけないってどういうことかしら?」

「届いてなかった、なんてことじゃないですよね」

「そうね。私が思うに、食事に付属した果物くらいはあったのよ。でもそれは、十人分」

「十人分、って……」

どういうことなんですか。私は思わず丸が一つ消されたメモを見つめる。裏切り者は、一体いつ判明した?

「あ、そうか。翌日のお昼を注文した時点では、まだ十人だったんですね」

私が顔を上げると、椿店長が私の頰を人差し指でつっつく。

「もうホント、梅本さんは気がつくわね」

「え、いえ、そんな」

なんでいきなりフレンドリー? でもまあ、私はご存じの通りこんな体型のおかげで、昔からたくさんの人に「ぷにぷに?」なんて言われながらほっぺをつつかれてきた。だからこういうのは慣れっこなんだけど。

「何やってるんですか、店長」

いい加減焦《じ》れたのか、立花さんが刺々《とげとげ》しい声で先をうながす。けれど椿店長は余裕の笑みで彼を見つめ返した。

「梅本さんが指摘したように、おそらく今日の会合が九人になったのは不測の事態のはずよ。そして彼女が持ち帰ったお菓子の予定表を見ていた彼女の上司は、今日が六月一日であることに気づいたんでしょう」

「ああ、だから会社の無事を喜び、これからの結束を高めるために『水無月』を食べたってことですか」

そして頭の中に、午前中の出来事がフラッシュバックのように甦《よみがえ》る。椿店長はあのとき、何て言ってた？

「……半年ぶりの厄払い！　それって役員の『やく』とかけてたんですか！」

「そう。裏切り者の厄介払いともかけてたんでしょうね。でもそのヒントは、梅本さんが一つだけの『おとし文』を見ていじめられてるみたい、って言ったことなのよ」

「なるほど、氷の節句だから半年ぶりなんですね。とすると半年前から、内紛を起こそうと画策してる人物でもいたんでしょうか」

多分そうでしょうね、と椿店長がうなずく。すごい。でも、たったあれだけのやりとりでここまでわかるものなの？

（外れてる、とは言えないかもしれない。でも……）

ただの推測、とは言えるかもしれない。私はよせばいいのに、ついそれを口に出してしまった。

「でも、椿店長のお話には実証がありませんよね」

瞬間、二人の視線が私に集中する。しかも椿店長の顔が、ぐっと険《けわ》しくなってる。うわ、ついにバックヤードの店長が出て来ちゃうのかな。思わず首をすくめて縮こまっていたら、またもや椿店長は私のほっぺたに手を伸ばす。

「んもう、本当に賢いなあ！」

……あれ？　しかもこれ以上ないってくらい嬉しそうな表情で、椿店長は私の頬をつついている。

「多分、らしい、かもしれない、で納得しちゃう人って案外多いのに、梅本さんはしっかりしてるのね。でも安心して、実証ならあるわ」

これよ、といって一枚の紙を出す。見ると折れ線グラフのようなもので、その端には彼女の勤めている会社の名前が書いてあった。しかし私の頭上からグラフを覗き込んでいた立花さんは、その会社名を目にした途端、いきなり顔色を変える。

「ちょっと店長。これ、株価の推移じゃないですか！」

不自然なほどひそめた声で、あたりをきょろきょろと見回した。ランチタイムだから人通りは多いけど、こちらに向かってくるお客さんはいない。

「そうよ。最初に買ってくれたとき、いい顧客さんになってくれそうだからちょっと株価の情報を見てみたわけ。そしたら半年前からずるずる値下がりしててね、ネットで調べたらこの会社、役員レベルで内紛が起こるって噂が流れてたわ。それで一時株価が落ち込んでたみたい」

「だからそういうの、大きな声で言わないで下さいって！」

ひそひそ声でたしなめる立花さんは、青くなったり赤くなったりしてもう大変だ。私はと言えば、もうお手上げのフリーズ状態。だってお菓子一つで、こんな大事《おおごと》に辿り着くなんて誰が想像できただろう。

「気になるならこの表、バックヤードへ持っていって二人で見てくれればいいわ。立花くんはそのまま休憩に行っててね」

でないと私のお昼が忙しい時間に当たっちゃうでしょ。そう言いながら椿店長は自然な動作でカウンターに向き直った。

＊

バックヤードに入った途端、立花さんは大きなため息をつく。

「あーもう！　本当に店長といると寿命が縮むよ！」

裏にいるせいか、今までの敬語が崩れて年相応の言葉遣いになっている。でもその方が自然に思えて、私はちょっとほっとした。

「椿店長って、いっつもあんな感じなんですか？」

「そう。頭がいいし、接客も完璧。お菓子のロスだって他店に比べて本当に少ない。いい店長だと思うよ。でもさ」

「……でも？」

聞きたいけど嫌な予感。でも聞かなきゃもっと怖いような。

「賭け事大好き、おかしな噂に首を突っ込むのはもっと好き。好物は牛丼とビール。でもって可愛い女の子をバイトに入れるのが趣味なんだ」

「はい？」

確かに雄叫びは強烈だったけど、可愛い女の子って！

「店長は見た目こそ女性だけど、その中身は、ただのおっさんなんだよ」

「はあ……」

なんかもう、色々ありすぎて頭がパンクしそうだ。でも一つだけ安心材料がある。

（とりあえず私、可愛い女の子じゃないからなあ）

だからきっと、普通に面接してくれたはず。じゃなきゃこの爪をほめてくれたりしなかっただろうし。うん、実害はなさそうだから心がおじさんでもかまわないや。しかもその趣味が役に立ってるわけだし。

そんなことを考えながら、椿店長に持たされたままの紙をぼんやりと見つめる。すると表の右側、つまりグラフの最後の点が小さくきゅっと上向いていることに気がついた。

「立花さん、これ」

「え？」

「この日付、見て下さい」

そこに記されていたのは、六月一日。今日だ。

「また値上がりしてる……！」

役員交代の噂が流れたのか、それとも公式発表があったのかは知らないが、とにかくこの会社は再び元の株価を取り戻そうとしている。

「社会って、つながってるんですねえ」

この事件が良いことか悪いことなのかは、私には判断できない。もしかしたら追放された人の方が、内部告発をしようとしていたのかもしれないし。だから簡単に「良かったね」とは言いたくない。

良いとか悪いとかじゃなくて、後にならないとわからないことが世の中にはある。それはたとえば私が進学も就職もせず、この店に入ったこと。友達に今はどうなの、と聞かれてもまだ答えることができない。ただ前に進むだけだ。

「梅本さん」

そのとき、頭上で同じ表を覗き込んでいた立花さんの顔がすっと横に並んだ。

「はい？」

「あのさ」

間近で顔を見られて、私はビビりまくる。忘れてたけど、この人ってそれなりにイケメンだった。しかし次に立花さんの口から出た言葉に、私は耳を疑う。

「ほっぺた、触ってもいいかな」

「はあっ？」

いいですよ、と答える前に指が伸びてきた。長い人差し指と親指が、私の頬をむにゅっと挟む。

（えええええーっ？）

何これ。ていうかこの店、なんで皆こうなの？　でもってどう反応すべきなわけ？　男性にこれっぽっちも免疫がなく、かつお笑いキャラクターで生きてきた私に、こんな状況の対応マニュアルはない。さらに顔面の温度はみるみる内に上昇。が。

「うわあ、やっぱりすごーく柔らかい！」

立花さんは心から嬉しそうに、私のほっぺたをふにふにつまんでいる。えーと、これは女友達がよくやるパターンだと思う。しかも。

「ねえねえ、梅本さんの名前って杏《あんず》の子で杏子だよね。和菓子屋だし、あんこちゃんって呼んでもいいかなあ？」

妙にテンションが高い。

「店長ったらずるいよねえ。女の人だからってほっぺた触りまくってさ」

もしやこれは。

「立花はんって、ゲイでふか」

考えるよりも先に、口が動いていた。すると立花さんは、冷水を浴びせかけられたように突然動きを止める。

「……やっぱり、そう見える？」

私はほっぺたを挟まれたまま、こくりとうなずいた。ゲイだったら、可愛い女の子が好きと言う椿店長と衝突するのも当然だろう。

「前のバイトの子は、僕が気持ち悪いって言い残して辞めたんだ」

立花さんの手が、するりと頬から離れた。悲しそうな表情。私は思わず、笑顔を作って彼を見上げた。

「立花さん、私は気にしませんよ。そういうのって、良いとか悪いとかじゃなく、しようがないことだと思うから」

「……あんこちゃん!!」

急転直下で感動の表情。彼はなんだか、全体的に喜怒哀楽の激しい人だ。ていうかそのあだ名を許可した覚えはないんですけど。しかし次の台詞《せりふ》は、私をさらに混乱へと陥れる。

「あ、でも僕、ゲイじゃないよ」

「へっ？」

「なんか態度がそれっぽく見えちゃうけど、可愛いものが好きなだけでごく普通の男子だから」

　いやいやいや。ごく普通の男子は、自分のことを「男子」なんて言いませんから。

「でもお店ではちゃんと喋るから、これからもよろしくね」

「あの、せめてあんこの『こ』は取ってもらえませんか」

だってこの体型であんことか呼ばれたら、日本の国技をやってるあの人たちを連想しちゃうし。私があだ名の妥協案を出すと、ぱっと顔を輝かせる。

「アン？　赤毛のアンみたいでいいね。よし、決定！」

今日はアンちゃんと、ちゃんと話せて嬉しかった！　両手でぎゅっと私の手を握ると、立花さんは透明バッグを肘《ひじ》に掛け、スキップせんばかりの勢いで部屋を出ていった。

　……で、私にどうしろと？

＊

　店に戻ると、椿店長がにっこりと笑って迎えてくれた。

「女子だったでしょ」

「はい、女子でした」

あえて主語を外すのは武士の情け、いや女子の情けか。

「あれはなんていうのかしら、女の中で育ったみたいな感じよね」

「最近の流行では乙女系男子、とか呼ばれてるらしいですよ」

「そういえばあいつ、『おとし文』を見て、ラブレターみたいでロマンチック！　とか騒いでたわね」

ちっ、と舌打ちの音が聞こえたのは気のせいだろうか。

「黙ってれば結構イケてるのに、もったいない話」

「ですよねえ」

前を向いたまま、私と椿店長は茫洋《ぼうよう》とした会話を続ける。

「ところであれ、わざとですか」

立花さんの性格がわかった今、私は椿店長のある行動に疑問を覚えはじめていた。

「何のことかしら」

「ほっぺた、わざとらしいくらいに触ったでしょう」

それは横で見ている立花さんが悔しがって、正体を出すくらい。

「どうかしらね」

「あとお花。立花さんの前で乱暴に捨てましたよね」

もしかしたら、早めにすべてをさらしておこうとしてくれたのかな。そんなことをちょっとだけ考えた。すると椿店長は、私の方を見て優しく微笑む。

「やっぱりあなた賢くって、好きだわ」

最後に、もう一つだけ。

「ちなみに、儲《もう》かりましたか?」

偶然知ってしまった会社の内情。それを椿店長は趣味に生かしたのだろうか。しかし椿店長は、唇をきゅっとすぼめて人差し指を立てる。

「内緒。でもほっぺに触りたかったのは本当よ。だって梅本さん、ペコちゃんみたいで可愛いから」

うわあー。採用基準の「可愛い」って、案外間口が広いんだ。

＊

アルバイトを始めてはや一月《ひとつき》。すっかり慣れた地下通路を歩きながら私は思う。

(あの店、びっくり箱みたい)

なにしろ、いかにも上品そうな見かけの椿店長の中にはおっさんが住み、職人志望のイケメン立花さんには乙女が住んでいるのだ。桜井さんはまだ不明だけど、この面子《メンツ》の中で普通に働けているということは、やはり何かがあるような気がする。

「いらっしゃいませ！」

満面の笑みで接客しながらも、株価が気になってしょうがない椿店長。

「またお待ちしております」

きりりとした表情の後ろで、両手をもじもじ組み合わせている立花さん。

さて、私の中にはどんな人が住んでいることやら。

友井羊

チョコレートが出てこない

EPISODE

友井羊 (ともい・ひつじ)

2012年、『このミステリーがすごい!』大賞優秀賞を受賞した『僕はお父さんを訴えます』でデビュー。中学生の主人公が父親を民事裁判で訴えるというユニークな設定だった。それに連なる法律ものとして『さえこ照ラス』や『無実の君が裁かれる理由』がある。『ボランティアバスで行こう!』といった社会性豊かなミステリーも。2014年刊の『スープ屋しずくの謎解き朝ごはん』に始まるシリーズや『100年のレシピ』は食にまつわる連作。

1

どもーり、という単語が耳に入り心の中でおびえるけど、どうやら私のことではないらしくてホッとする。この過敏な性格をなんとかしたいと思いつつ、目を向けると天野真雪《あまのまさゆき》くんが男子の前で演説をしていた。一時限目と、二時限目の間の休み時間の出来事だ。

早朝に降った雨のせいで湿度が高かった。教室は暖房が利いていて、温められた窓に水滴が生まれている。

「DOMORIというのはイタリアにあるチョコレートの会社で、原材料にカカオマスときび砂糖しか使っていない。これは画期的なことなんだよ」

真雪くんの声はよく通る。言葉がはっきり聞き取れ、喧噪《けんそう》のなかでも自然と注目を集めた。近くにいる男子が苦笑を浮かべているけど、気にせずに話し続ける。

「ここのメーカーは単一のカカオ豆でチョコを作ることで有名なんだ。品種によって風味が驚くほどに違うんだよ。特に稀少《きしょう》なクリオロ種の味わいは最高なんだ」

洋菓子のことになると、真雪くんはちょっとおかしくなる。

普段は人当たりもよく、活発な男子たちの中心にいる。整った顔立ちと清潔感のある雰囲気は女子に人気で、誠実な性格は先生の受けもいい。今は一年生だけど、生徒会長に選ばれるのは彼のような人なのだろう。教室のすみっこにいる私とは別の世界を生きている。

だけど趣味であるお菓子作りに関しては、譲れないこだわりがあるらしい。

今は十二月のはじめだから、半年前のことだ。真雪くんは当然ながら女子にモテる。そのため甘いものが好きだと聞きつけた女子が、フォンダンショコラをプレゼントした。しかし、そこで講義がはじまったのだ。

いわく、これは出来損ないだとか、火を通し直さなくてはいけない、とか。

フォンダンショコラとはチョコレートケーキの一種だ。なかに溶けたチョコが入っていて、割るとトロリと溢《あふ》れてくる。私も好きなケーキだ。

世間には完全に火を通さない生焼けの状態で、なかをとろとろにするレシピがあるらしい。だけど半生の小麦粉を食べることになり、おなかの弱い人にはよくないのだそうだ。

「ちゃんと作らないと食材に失礼だ。チョコは細心の注意を払わないといけない。特に熱には気をつけないとダメだよ。君には今度、本当に美味《おい》しいフォンダンショコラを食べさせてあげないとね」

五分ほど注意が続いたあたりで女の子は泣き出して、走り去ってしまった。夕方に、真雪くんが女子の集団に囲まれて平謝りをさせられている場面を目撃したのだけど、それ以来甘いものを贈ろうとする子はいなくなった。

ゼリーにマカロン、マロンケーキなどなど、真雪くんは毎週のようにお菓子を作っては、色々な人に配っていた。腕はプロと比べても負けていないと思う。

「沢村《さわむら》さんも食べる？」

近くを通るとき、真雪くんはこんな私にも声をかけてくれる。私は顔も性格も地味で、クラスでも目立たない。この高校に通いはじめて九ヶ月経《た》つけれど、友達だっていない。多分、菓奈《かな》という名前のおかげで認識をしてもらっているのだと思う。

「あ、あ、あの、あり、ありが、ありがとう」

言葉はいつだって、うまく口から出てきてくれない。ちゃんとお礼が言いたいと、いつも思っている。でも吃音《きつおん》がある私には、そんな簡単なことさえ難しかった。

昼休み前の四時限目に調理実習が行われた。それぞれが用意した食材は、朝のホームルーム前に家庭科室の冷蔵庫に入れられる。私は日直だったため、早めに来て家庭科室の鍵を開ける係だった。男子の日直もいたけど、不良っぽかったので声をかけることはあきらめた。

空気の冷え切った早朝に職員室で手続きをして、しびれが残った手で鍵を開ける。登校してきたみんなが続々と家庭科室に入ってくる。部屋のなかで待っていると、真雪くんが家庭科準備室から出てくるのが見えた。何をしていたのか気になるけれど、話しかけることはもちろんできない。

鍵を返して教室に戻ると、担任の先生がすでに来ていた。

「何をしていた」

家庭科室の鍵を返してきました。

カ行の多い文章が苦手だった。喉の奥で破裂させるこの音は、他の行に比べて私には特に言いにくい。発言が遅れると、教室中の視線が集まる。眩暈《めまい》のするような緊張がやってきて、言葉はますます奥に引っ込んでいく。

「沢村さんは家庭科室の鍵を返してましたよ」

代わりに説明をしてくれたのは真雪くんだった。先生はすぐに納得して、止まっていた教室の時間も動きはじめる。私は小走りで席に向かい、途中で真雪くんに頭を下げた。

ありがとう。

声を出したつもりだけど、多分小さすぎて届いてない。真雪くんは軽く手を振っただけだ。どれだけ助かったのか、きっとわかってない。それでも、かまわないけれど。

調理実習は問題なく行われた。麻婆豆腐《マーボーどうふ》や卵スープは、白飯と一緒にお昼ご飯になる。授業の終わりに施錠するので、鍵はポケットに入れておいた。

片付けが終わり、クラスメイトが家庭科室から出て行く。椅子に座っていると、真雪くんがまた家庭科準備室に入っていった。

荷物を動かす音が聞こえた。家庭科室には誰もいなくて、このままだとふたりきりになる。お礼を言うチャンスかもしれない。そう考えていたら、真雪くんがドアから出てきた。困ったような顔をしていて、声をかける間もなく駆け足で家庭科室から出て行った。

何か起きたのかな。準備室をのぞきこむと、空気がひんやりしていて吐く息が白くなった。うちの学校はエアコンが完備されていて、教室や使用する特別教室に冷暖房が入る。しかし準備室には暖房が入らないのだ。

準備室はほこりっぽくて、散らかっていた。本棚は古そうな本がいっぱいで、段ボール箱が無数に積まれている。真雪くんが何をしていたのかは全くわからなかった。

朝と同様に職員室に鍵を返却する。昼食は済ませたから、昼休みを長く満喫できる。読書にいそしむために教室へ戻ると、クラスのみんなからの視線を浴びた。

「沢村が盗んだの？」

バスケットボール部の柏崎《かしわざき》さんの口調は険しかった。背が高くて、さらさらのショートカットの女子生徒だ。正義感が強くて、不真面目な男子と口論していたこともある。それ以外は一年生でレギュラー候補ということしか知らない。

なにかあったの？　突然言われてもわからないから、ちゃんと説明して。

本当ならこう返すのが正解なのだろう。でも私はちゃんと発声できない。文字に起こすとこんな感じだ。

「な、なにが、なにが、ああ、あの。と、とと、突然言わ」

「何をそんなに焦っているのよ。もっとゆっくり喋《しゃべ》りなさい」

しかも途中で遮られる始末だ。大変みじめである。私はじっと説明に耳を傾けて、状況を把握しようと努めた。

真雪くんは今日、チョコを学校に持ってきた。朝の時点で、チョコを家庭科準備室に置いたらしい。しかし調理実習後に確認してみたらなくなっていたそうなのだ。

疑惑の根拠は鍵だった。家庭科室の鍵は日直の私が管理していた。真雪くんが家庭科準備室に入ったことはクラスの人しか知らない。だから私に容疑の目が向けられたのだ。

「わた、わ、わた……」

私は盗んでない。喉まで出ているけど、言葉が引っかかってしまう。どうしてこんな簡単なことが言えないのだろう。

中学校のとき、国語の授業で教科書を読み上げるように言われたことがある。

席から立ち、小説の一文を読もうとした。しかしなぜか突然言葉が全く出なくなった。私が黙ったままでいると、先生が不思議そうな顔をする。教室の空気が次第にざわついていった。

早く読まなくちゃ。そう思うにつれて、喉はギュッと縮んでいく。教室から逃げ出したかった。でもそんなことできるはずない。当時は吃音症という言葉を知らなかったから、説明もできなかった。

「す、すみません。風邪《かぜ》で喉の調子がわるくて、こ、声が」

先生への言い訳は何とか言葉にできた。

風邪なんて引いていなかった。でも嘘《うそ》をつく以外に、乗り切る方法を思いつかなかった。言い方が滑稽《こっけい》だったのか、クラスに小さな笑いが起こる。

その日はずっと、喉が痛い演技をしたまま喋らないで過ごした。言葉が詰まることはおかしいことなのだと、胸に刻まれた。

「何をしてるの?」

教室に真雪くんが入ってくる。今まで不在だったことに気づいていなかった。

近くにいた女子に事情を聞いて、真雪くんは目を丸くした。私と柏崎さんとのあいだに割って入る。

「証拠もなく疑うのはよくないよ」

「でも、さっきから反論しないしさ」

「みんなで取り囲むから驚いてるんだよ。ねえ、沢村さん。盗んでいないなら、うなずくだけでいいよ」

うながされるままに、首を縦に大きく動かす。

「ほらね。家庭科準備室に置いた僕も不用意だったんだ。何しろ教室は暖房が利いているからね。チョコは繊細な生き物だから、注意しなくちゃいけないんだ」

真雪くんの口調が変わって、周囲の反応が苦笑いになる。これから講義がはじまるのを察したのだ。こうなったら真雪くんは止まらない。

「気温が高いと、チョコの油分が溶け出してしまうんだ。ひどいものになると表面で白く固まってしまう。とてもデリケートなんだ。それに」

「たしかに、みんなで疑ったのはわるかったわよ」

演説する真雪くんをさえぎって、柏崎さんが不満そうに言った。被害者である真雪くんがかばったせいで、追及する勢いが殺《そ》がれてしまったようだ。私を取り囲んでいた人たちが散らばっていく。

「ごめんね。沢村さん」

去り際、科学部の一之瀬《いちのせ》さんにあやまられる。教室でも中心にいる流行《はや》りに敏感な女の子だ。だいじょうぶと返事をしようとしたけど、とっさに出てきてくれない。

「だ、だいじょうぶ、だよ……」

言えたときには一之瀬さんは背中を向けていた。頭の後ろにあるピンクのバナナクリップが目に入る。真雪くんはすぐに、周りが話を聞いていないことに気づく。そしてしょんぼりと肩を落とした。

「またやってしまった。でもみんな、もっと製菓に興味を持つべきだ」

「あ、あの天野く、あ、ありがとう、たすか、助かったよ」

「僕のほうこそ、迷惑をかけちゃったね」

「あ、あの状況なら、し、しかっ、……しょうがないよ」

しかたない、と言えそうになかったのでとっさに言い換える。

ふと真雪くんには、会話の苦手な知り合いがいるのではと思った。私が返事に窮しているときに、うなずきで答えるよう促してくれた。あの対応をしてくれなければ、無実を主張できなかった。

「でも、僕のチョコはどこに行ったんだろう。あまり暖かいところには置かないでほしいんだけどなあ」

重そうな足取りで教室を出ようとする。きっとチョコを捜しに行くのだろう。恩返しをしなくちゃいけない。ずっと胸にあった想いのせいか、とんでもないことを口走っていた。

「あのっ、チョ、チョ、えっと、今から捜すんだよね。私も、てつ、手伝うよ！」

2

私なんかが協力したところで、役に立てるわけがない。それなのに真雪くんの返事は明るかった。

「本当に？　ありがとう。助かるよ！」

真雪くんが不機嫌なところを見たことがない。暗い顔をするのは、持ってきたケーキの出来に不満があるときくらいだ。そういうときだって食べた人は絶賛している。どうしてこんなに陽気でいられるのか不思議だった。

教室から出ていくとき、二人の女子ににらまれた。柏崎さんと一之瀬さんだ。よく考えれば容疑は晴れていないのだ。犯人探しは自分のためにも必要なのかもしれない。

まずは家庭科室へ向かうことになった。隣を歩くと、百五十五センチの私は真雪くんの肩くらいしかない。真雪くんは歩幅を合わせて、ゆっくり歩いてくれた。

準備室に入るための入り口は、廊下からと家庭科室からの二つあった。家庭科室と準備室を繋《つな》ぐ戸には鍵がかかっていない。家庭科室と準備室の鍵は同じ鍵束についていた。

「さっき気づいたんだけど、一箇所だけ開いてるんだよね」

真雪くんがサッシに足をかけて飛び上がる。天井付近にある窓に手をかけると、簡単に開いた。どうやら壊れているようだ。

「み、密室ってわけじゃないんだ。でも、あ、あそこから入るのは、む、無理だね」

「そうだね。一応、事務員さんに報告しておこうかな」

家庭科室に入るには、職員室で鍵を借りる必要がある。手続きの方法は簡単だ。事務員さんに声をかけて、カウンターにある貸出名簿に名前を書く。事務員さんは別の作業をしているので、あまりこちらに顔を向けない。そして鍵置き場から鍵を持って行けばいいのだが、真雪くんはもう貸出名簿を確認していた。

「家庭科室の鍵を借りていたのは、ひとりだけだった。調理部の佐伯橋《さえきばし》先輩で、何度か話したことがあるよ」

私が糾弾《きゅうだん》されているとき教室にいなかったのは、職員室に行っていたためらしい。鍵を返却していた私とは行き違いになったのだ。

佐伯橋先輩は一時限目の後に鍵を借りていた。今から話を聞くのだろうか。見知らぬ人の前に立つことにためらいを感じたけれど、真雪くんは違う方向に歩みを進めた。

「やっぱりまずは報告だよなあ」

到着した先は保健室だった。戸を開けると、養護の先生はいなかった。真雪くんは白色のカーテンの前に立つ。その先にはベッドがあるはずだ。

「開けるよ」

「はぁい」

間延びした返事があって、真雪くんがカーテンを開ける。その先の光景に一瞬、現実感を失った。

まず、黒色の長い髪の毛が真っ先に目に入った。艶《つや》やかなストレートヘアで、おそらく腰まである。わずかに首を傾けるだけで、さらさらと流れた。

保健室には眠り姫がいる。クラスの女子が話しているのを小耳に挟んだことがあった。二年生だけど、教室にはほとんど顔を出さないらしい。

彫りの深い顔立ちはお姫さまと形容するのが相応《ふさわ》しく、中東のおとぎ話を思わせた。眠そうな目は長いまつげに覆われていて、蛍光灯の光が影を落としている。お姫さまは制服姿で、気怠《けだる》そうに頭を押さえていた。

「真雪、どうしたのよ」

「ひめちゃん。あのチョコ、盗まれちゃった」

「えー、なによそれ」

お姫さまが不満そうな声を上げる。呼び捨てと、ちゃん付け。ふたりの距離の近さが感じられ、場違いな自分は逃げ出したくなった。

「ところで、後ろにいる暗い子は誰よ」

私に顔を向けて眉をひそめる。だが気のせいだろうか、お姫さまの瞳に怯《おび》えのようなものを感じた。

「クラスメイトの沢村菓奈さんだよ。チョコを捜すのに協力してくれてるんだ」

「はじ、はじめまして。天野くんのクラスメイトで、沢村か、菓奈です」

お姫さまの顔に余裕が戻り、挑発的な笑みを浮かべた。

「篠田悠姫子《しのだゆきこ》よ。わたしのチョコのために、がんばってね」

「え……？」

自信がありありと表れた表情を、とても似合っていると思った。

「あれはわたしが受け取る予定だったの」

素直に、なるほどと思った。真雪くんの最高級のチョコは、この綺麗《きれい》なお姫さまのために作られたのだ。これ以上相応しい相手はいない。

「少し語弊があるなあ」

真雪くんがつぶやいているけれど、きっと照れているのだろう。

「ところで何でこの地味な子が手伝うの」

「証拠もないのに、みんなからチョコを盗んだ犯人扱いをされてね。僕のせいで迷惑をかけたのに、手伝うと言ってくれたんだ」

本当の動機は日頃の心配りへのお礼なのだけど、真雪くんが気づくわけがない。

「あなた、クラス中から疑われたの？」

悠姫子さんが目を見開いた。大きな瞳を、羨ましいと思った。小声で、はいと答えると、悠姫子さんは急にうつむく。口の中でもごもごと何かを言っているが、私以上に小さい声でよく聞き取れない。

「ひめちゃんは『ひどいわね。気にしないほうがいい』と言ってるよ。天の邪鬼《あまじゃく》で照れ屋さんだから、親切な言葉が苦手なんだ」

どうやら心配してくれたらしい。にこやかに言う真雪くんの顔に、悠姫子さんは枕を直撃させた。顔は真っ赤になっていたけど、咳払い《せきばら》ひとつで澄ました表情に戻った。

「そういえば調理実習のとき、鍵をかけてたのはあなただったわね。鍵を持っていたせいで疑われたわけか」

なぜわかるのだろう。ふと保健室の窓から外を見る。ちょうど中庭を挟んだ向かいに校舎があり、二階が家庭科室だった。

「窓から、か、家庭科室を、み、見ていたのですか？」

「意外に鋭いわね。チョコをあそこに置くと聞いていたから、プリントをしながら、たまに目を配っていたの。結局盗まれたわけだけど」

話を聞くと、ずっと注意をしていたわけではなく、ちゃんと見張っていたのは休み時間だけのようだ。保健室から見上げると角度の関係で顔しか見えないため、手にチョコを持っていたかどうかはわからないそうだ。

貸出名簿の通り、一時限目の後に女子生徒が入っていった。外見の特徴から二年の佐伯橋先輩で間違いないようだ。

さらにもうひとり、二時限目の後に家庭科室に現れた人物がいたらしい。

「朝と四時限目にも見たから、多分真雪と同じクラスよ。ピンクの髪留めをよく覚えているわ。あれ、ちょっとほしいな」

ピンク色の髪留めには覚えがある。今日、クラスでつけていたのはひとりだけ。科学部の一之瀬聡美《さとみ》さんだ。

まずは先輩のところへ話を聞きに行くことになった。

廊下から真雪くんが声をかけると、佐伯橋先輩は笑顔を見せた。ベリーショートの髪は遠くからでもよくわかる。家庭科室に入った理由は、前日の部活で置き忘れたペンケースを取るためだったらしい。チョコが盗まれたことを説明すると、先輩は途端に機嫌を悪くした。

「私が盗んだって言いたいの？」

盗むわけない、疑うこと自体がおかしい、と声を荒らげられ、私たちは平謝りで退散せざるを得なかった。どうやら非常に沸点の低い性格のようだ。

「後でお菓子を持って行ってお詫《わ》びをしなきゃ」

申し訳なさそうにつぶやく真雪くんは、本当に傷ついているようだった。そこでチャイムが鳴り、昼休みが終わりを告げた。

次に質問するべきなのは一之瀬さんだけど、ためらいがあった。佐伯橋先輩みたいに怒らせてしまうのが不安だったのだ。クラスメイトなので今後の関係もある。それに目撃証言はあるけれど、一之瀬さんは家庭科室の鍵を借りていないのだ。

放課後、科学室まで様子を見に行く。一之瀬さんは部活中のようで、実験用の冷蔵庫に試験管を入れていた。

部屋の様子をのぞいてから、真雪くんが顔をひっこめる。

「やりづらいなあ。チョコが戻れば責めるつもりはないけど、犯人だと疑われたら佐伯橋先輩みたいな反応も当然だと思うし」

疑われるのはそれだけで辛《つら》いことだ。私だってみんなに取り囲まれたとき、本当に悲しかった。

結局言い出せないまま、学校を後にする。校門前でお別れして、真雪くんの遠ざかる背中を見送った。

実を言うと、あることに思い当たっていた。

それは鍵を借りるときの不備だ。鍵置き場は職員室側からは死角になっていて、さらに事務員さんは別の仕事をしている。つまり貸出名簿に書いた教室以外の鍵を持っていくことは不可能ではないのだ。

貸出名簿に一之瀬さんの名前があるのかは知らないが、確認すればすぐにわかるだろう。もし他の鍵を借りていれば、一緒に家庭科室の鍵束を持っていくチャンスがある。つまり一之瀬さんも家庭科準備室に入れたのだ。

だけど言い出せなかった。もしも真雪くんにこの事実を告げれば、一之瀬さんに話を聞くことになる。そうしたら佐伯橋先輩みたいに怒り出すかもしれない。下手をしたら、鍵を借りる方法を説明させられる。敵意を向けられた状態で喋るなんて、想像しただけで背筋が寒くなった。

真雪くんの助けになりたいと思った。だけど私は逃げた。うまく喋ることもできないのに、恩返しなんて無理だったのだ。

どうして私は、こんなふうなのだろう。

吃音の原因は医学的に解明されていない。色々なタイプがあり、いつ症状が出るかは人によって異なっていた。

文字を読むのが苦手な人もいれば、日常で吃音が出るのに、緊張するとスムーズに言葉が出る人だっている。

改善する方法も確立されていない。同じ治療法でも治る人と治らない人がいる。大人になって突然症状が出る人もいれば、自然と治まっていく場合もある。

治療を受けても、普通に話せるようになる保証はない。そう考えると、一歩を踏み出す勇気は消えていく。逃げたまま世界のすみっこで、口をつぐんで静かに過ごせればいい。私はこれからもずっと、そう考えていくのだろう。

翌日、事件は思わぬ展開を見せる。風のある朝で、乾いた砂とともに枯れ葉が宙を舞っていた。不安を感じながら登校する。盗難の疑惑からいじめに発展することを恐れたのだ。

だけど通学路で会った柏崎さんと一之瀬さんから普通に挨拶《あいさつ》された。何とか返事をする。私に関心がないのだろう。影が薄くて本当によかった。

一時限目がはじまる前、別のクラスの男子がやってきた。包装された箱を手にしていて、目にした真雪くんが声を上げる。それは失《な》くなったはずのチョコだった。何とチョコは、家庭科準備室で発見されたというのだ。

3

チョコの箱は窓際に積まれた段ボール箱の隙間《すきま》に落ちていたらしい。

「捜したはずなんだけどな……」

場所を説明された真雪くんは、困惑の表情でつぶやいた。発見したのは隣のクラスの男子だ。昨日の私たちと同じように調理実習があったため、早朝に材料を置きに行った。チョコの盗難の話は、昨日の放課後の時点で隣のクラスまで伝わっていた。気になった生徒のひとりが準備室を捜してみると、あっさり見つかったというのだ。箱には木の葉の形になったもの、ナッツがあしらわれたものなど、様々なチョコが入っていた。枯れ草や土を思わせる色合いで統一されていて、冬の農村の庭みたいな雰囲気を漂わせていた。

しかし葉っぱは折れているし、ナッツも取れている。さらにチョコの表面には白色の粉みたいなものが付着していた。

「ブルームだ。これじゃ食べてもらうのは無理だな」

真雪くんが一口食べて、残念そうにつぶやいた。意味はよくわからないけれど、味が劣化しているのだろう。

「ずっと準備室にあったってこと？」

クラスの誰かの発言のせいで、ざわめきが広がっていった。真雪くんが顔を上げて、教室中に響く声で言った。

「騒がせてごめん。僕の捜し漏れだったみたいだ。お詫びに今度お菓子を作ってくるよ」

真雪くんが丁寧に頭を下げる。教室は緩んだ空気に包まれた。

「人騒がせだなあ」「天野ってたまに抜けてるところがあるよな」「でも解決してよか

ったね」「お菓子がもらえるなんてラッキーだったかも」

真雪くんのお詫びの品に、みんなの期待が膨らむ。誰もがこの騒動は終わりだと思ったようだ。

でも私は納得していなかった。捜し漏れなんて絶対におかしい。昨日、真雪くんはちゃんと家庭科準備室を捜したと言っていた。真雪くんは私を信じてくれた。だから私も、昨日の真雪くんを信じたかった。

そのことをみんなに伝えたかった。だけど叫びは喉で止まって、決して外に出てくれない。真雪くんが私の前までやってくる。そして深く頭を下げた。

「僕の失敗で沢村さんが疑われた。本当にごめん」

「ち、ちが、あま、天野くんのチョ、チョ、チョッ……」

チョコレートという単語が、どうしても出てこない。それでも想いを伝えたくて、必死に首を横に振る。わるくないって、言わなくちゃ。真雪くんに恩返しをしなくちゃ。焦りが強くなればなるだけ、言葉は詰まっていく。

家庭科準備室にチョコを置くなんて簡単だ。天井近くの窓は開いていたのだから、部屋のなかに放り投げればいい。チョコが割れたのも、ナッツが取れたのもそのせいに違いない。昨日の放課後か今日の早朝なら、誰でも実行可能なのだ。でもそんな簡単な説明さえ、私の口はまともに言葉にしてくれない。

真雪くんが離れていく。想いが爆発しそうになって、手を伸ばした。

「沢村さん？」

真雪くんが手にしていたチョコをつかんだだけで、それ以上何もできなかった。

「あの、な、何の用でしょう」

昼休み、私は保健室にいた。担任の先生に、養護の先生から保健室に来るよう伝言を預かったと言われたのだ。姫君はジャージ姿で寝そべっている。小豆色《あずきいろ》の体操服なのに妙な気品と色気があった。当の養護の先生はいなかった。

「聞きたいことがあるの」

用事があったのは悠姫子さんだったようだ。ベッドの脇に、綺麗に包装された箱が置いてある。紛失騒動のあったチョコとは箱の大きさが違っていたが、包み紙に覚えがあった。

「天野くんが作ったのですか？」

「昨晩作ったものを、休み時間に持ってきたの。チョコが戻るとは、あいつも思っていなかったみたい」

暖房の利いた部屋にあるということは、温度を気にしないでいいお菓子なのだろう。冷やしたほうがいいなら、保健室にも冷蔵庫がある。

「無理に笑顔を作っていたけど、あいつは沈んでたわ。何があったの？」

真剣なまなざしで問いかけてくる。本当に通じ合っているのだなあ、とため息が漏れそうになった。今朝起きたことを包み隠さず伝える。何度もつっかえたけど、悠姫子さんはさえぎらずに聞いてくれた。

「チョコがダメになったのね。それなら落ち込むのも無理ないか」

「あの……」

「なに？」

喋るのは怖いけど、どうしても聞きたいことがあった。

「ど、どうして天野くんは、あんなにすんなりと、自分がわるいと、みと、認めたのでしょう。犯人がわかっていて、かっ、かばっているの、でしょうか」

捜し漏れでないことは、本人が最もわかっているはずだ。悠姫子さんは目を細めてから、肩をすくめた。

「真雪に犯人当てなんて無理よ。成績こそ悪くないけど、基本的にあほだから。でも、誰かをかばってるというのは正解ね。犯人が周囲から非難されるくらいなら、あいつは我慢する」

味の落ちたチョコを口に含んだとき、真雪くんはひどく落胆していた。あのときの残念そうな顔を思い出すと、胸が苦しくなる。

「そんなの、あ、あんまりです。犯人は、謝るべきです」

「今さら見つけられないでしょう。証拠なんて見つかりっこないわ」

「それなら、わた、私が」

犯人に謝罪をさせたかった。できれば犯人を探し出したかった。

「あなたが、どうにかしてくれるの？」

「それは……」

まともに会話もできない私には、きっと無理だ。

自分の無力さが大嫌いだった。みんなのように話ができれば、きっと色々な情報を集められる。そうすれば犯人までたどり着けるかもしれない。

「だって、あまっ、天野くんは……」

なぜこんなに臆病なのだろう。

吃音だからといって、堂々としていればいいのだ。気にしない人だって多くいる。有名人のなかには個性として受け入れて、公表している人だっている。

でも私はそんなふうに強くなれない。言葉が途切れたときの、相手の怪訝《けげん》そうな顔が怖かった。なんで普通に喋らないの、とか、落ち着きなさい、とか言われるのが吐きそうになるほど辛かった。伝わらなくて、何度も言い直す羽目になることがどうしようもなく悔しかった。

「あ、天野くんは、あんなにも、かな、悲しんでた」

それでもなぜか、言葉が止まらなかった。

「犯人の、こ、ことが、す、すご、すごく腹立たしくて。だ、だからちゃんと、あやませて、それで、それで、それで……」

途切れとぎれで、つたなくて、きっと悠姫子さんは困っているだろう。申し訳なさでうつむいていると、頭に手のひらが載せられた。とても細い指で、柔らかく撫《な》でてくれる。

「真雪のために怒ってくれてありがとう。でも無理しなくていい。あなたは、あなたにできることをすればいいの」

顔を上げると、悠姫子さんの頬が真っ赤だった。目が合うとすぐにそっぽを向いて、ベッドに横たわる。白いカバーのかかった毛布を頭までかぶった。

「どんなに苦しいことがあっても、あいつは甘いものを食べていれば前を向いていけるの。バカだからね」

私のしたいことは、真雪くんを笑顔にすることだ。無理をせずに、できることをすればいい。そうなると、やれることはひとつしかない。

甘いものを作って、食べてもらうのだ。

書店でレシピ本を手に入れ、材料を買いそろえた。お菓子作りは経験がない。金曜の夜に台所を占拠して挑戦する。

「めんどくさい！」

トリュフチョコを作ろうとしたのだけれど、夜中に叫ぶほどにうまくいかない。

最初はチョコが固まらなかった。いい加減に計量したせいで、生クリームが多すぎたらしい。次は温度調節を間違えたようで、チョコがぽろぽろと崩れてしまう。分離というらしく、もちろん味も最悪だ。

あきらめそうになるが、気を取り直してチョコを細かくする。クーベルチュールというチョコレートを、細かく刻んで湯煎で溶かすのだ。かたまりは凶器のように固く、刻むというより削るというほうが近かった。包丁の背に添えた指が赤くなるが、この地道な作業を真雪くんもやっているのだと思うとやる気が出てきた。

チョコはまな板の上にコピー用紙を敷いて削る。そのほうが粉状のチョコをボウルに入れやすいのだ。ある程度溜まったのでボウルに流し込む。

「ぎゃあ」

空気が乾燥していて、熱心に包丁を動かす私の全身には静電気が満ちていたらしい。細かくなったチョコが帯電して宙を舞い、私に向かってぶわっと襲いかかった。テーブルや床にもチョコの粉末が落ちてしまう。お小遣いで買った貴重なチョコが、ほこりと交ざってしまった。

掃除をしながら、たった半日で甘い物作りを投げ出したくなる。本当にこんなことに意味があるのだろうか。台所でうずくまって、目を閉じる。初心者のチョコなど渡しても、きっと喜んでもらえないのに。

「でも、他にないから」

両頬を叩《たた》いて気を取り直す。真雪くんを笑顔にさせる方法がこれ以外にないことは、私自身が一番わかっていた。

何度かの失敗を繰り返して、まともなガナッシュ作りに成功する。あとは丸めて冷やせばほぼ完成だ。お父さん秘蔵のラム酒を効かせた大人の味になった。

問題は仕上げだ。ココアパウダーをまぶす簡単な方法と、テンパリングをしたチョコでコーティングする方法があった。

このテンパリングがくせものだった。チョコに含まれるカカオバターの結晶を安定させる作業で、ほんの数度の違いで口溶けのわるいチョコになってしまう。説明を見るだけでも大変そうだが、失敗して元々だ。挑戦することにした。

一時間後、私は頭を抱えていた。

「うまくいかないよう」

何度やっても失敗だった。艶がないし、白い模様ができてしまう。味も口溶けも明らかにわるかった。

レシピ本を熟読して、なぜ失敗したのかを調べる。チョコに含まれるカカオバターは二十八度から溶けはじめ、三十度を超えると分離する。それが冷えると固まり、表面が白くなる。これがファットブルームだ。真雪くんがチョコの置き場所として暖房の利いた教室を避けたのは、ブルームを防ぐためだったのだ。

同じページにある他の文章が目に入る。表面に粉が浮くシュガーブルームの解説が書いてあった。どうやらブルームには二種類あるようだ。シュガーブルームの原因は水にあるらしい。

「湯煎のときの水が入ってもダメなのか。……あれ？」

あることに気づいた私は、テンパリングと並行して、実験をやってみることにした。土曜から日曜にかけて何度もチャレンジし、ついにトリュフを完成させる。見た目はよくないけど、味は満足いくものになった。

だけど心は重かった。同時に行っていた実験が、予想通りの結果を示したのだ。

「……どうしよう。チョコを盗んだ犯人、わかっちゃった」

4

放課後、誰もいない夕暮れの教室の戸が開く。無視されるか心配だったけど、ちゃんと来てくれた。女子同士で伝言の手紙を渡すなんて中学一年生以来になる。

「あんな手紙を渡して、なんのつもり？」

「きゅ、急に呼び出してごめ、ごめんなさい」

「用件を言いなさいよ」

大きく深呼吸をしてから、つばを飲み込む。喉がひどく渇いていた。これからクラスメイトの罪を暴く。向こうも緊張しているのか、顔が強張《こわば》っていた。

「チョ、チョ、えっと、真雪くんのお菓子を盗んだのは、い、一之瀬さんだよね」

「何よそれ」

警戒に満ちた声だった。私は用意していた台詞《せりふ》を一気に吐き出す。会話がまともにできない私には、覚えたことをそのまま喋るしかなかった。

あの日、保健室の眠り姫がピンクの髪留めを目撃していたこと。鍵を借りるときの不備。一之瀬さんが二時限目の後に科学室の鍵を借りていたことも、貸出名簿で今日確認しておいた。

途中までほとんどつっかえずに言えて、ひと息つく。あらかじめ言葉を準備、練習しておく方法は私に適しているようだ。

「その、そ、それからね」

自宅で夜遅くまで繰り返した甲斐《かい》があった。自分にしては上出来だと、浅はかにも満足感を覚えた。その直後だった。

「ふざけんな」

喋るのに必死で、相手の様子をうかがう余裕がなかった。一之瀬さんの顔を見て私はいっぺんに青くなる。怒りをこめて、にらんでいたのだ。

「黙って聞いてれば、言いたいことを言ってくれるね」

「そ、その……」

もちろん、素直に罪を認めるなんて考えていたわけじゃない。反論を想定して練習もしていた。だけど全て吹き飛んでしまった。

「状況証拠ばかりじゃない。眠り姫の証言も私だって言い切れるの？　ちゃんとした証拠もないのに決めつけんじゃないわよ！」

「それは、そ、そそ、その……」

やはり、無理だったのだ。言葉はまだ用意してあるのに、ちょっと大きな声を出されたくらいで何も言えなくなってしまう。

震える手で、用意していた箱を机から取り出す。なかには盗難に遭ったチョコが入っていた。

あのとき私は、真雪くんが持つ箱をつかんだ。

「これ、ほしいの？」

真雪くんの問いかけに、力強くうなずいた。

「味がわるくなってるよ」

めいっぱい首を横に振ると、真雪くんは微笑《ほほえ》みを浮かべたまま手を離した。こうしてチョコは私のものとなった。それからずっと食べないまま、部屋のすみに置いていたのだ。

「何黙ってるの。証拠があるならとっとと出しなさい」

早く言わなくちゃ。だけど言葉が出てこない。

なぜこんなことをしているのだろう。今すぐ逃げ出したかった。適当な言い訳をして、この場を済ませられればどんなに楽だろう。

箱を開けると、チョコが目に入った。折れた葉っぱのチョコの表面に、白い粉のようなものが浮いている。真雪くんのチョコを台無しにしたブルームだ。

ひとかけら、口に放り込む。甘さと苦みが舌に広がった。味が落ちているといっていたけど、充分美味しく感じられた。

チョコの甘さは、私の緊張を少しだけほぐしてくれた。

「これの、ひょ、表面に白いこ、こ、白いものがあるよね。これ、これはシュガーブルームというの」

「だから何よ」

言葉をつっかえても構わない。生まれてはじめてそう思えた。どんなに見苦しくても、それより大事なことがある。何度言葉が出なくなっても、私は喋らなくちゃいけない。

「シュガー、ブル、ブルームは、表面に水滴がつくと、とう、糖分が溶け出す。それが、け、結晶になって起きる」

　吃音が出るのはやっぱり辛い。おかしいと思われてるんじゃないかって、気になって仕方がない。笑われた過去が頭をよぎり、足が震え出す。

　それでも私は、あやまってほしかった。

「か、家庭科準備室に一晩放置しても、今の時期なら問題ない。だ、だけど冷蔵庫で冷やされたものを出したら、きゅう、急激な温度変化で、表面にわずかに、すい、水滴がつくの」

　一之瀬さんの顔色がはっきり変わっていた。冷蔵庫に出し入れすることでシュガーブルームができることは、家での実験で何度も確認してあった。

「が、学校にある冷蔵庫は少ない。か、か、家庭科室はみんなの目があるし、あの日は、しょ、食材でいっぱいだった。職員室や、しゅくちょ、宿直室、用務員室にもあるけど、生徒は自由に使えない」

「保健室にもあるわよ。そうなると犯人は眠り姫になるわ」

「あれは元々、ゆき、お姫さまに渡される予定だったの。盗む意味がない。そうなると残る冷蔵庫は、かが、科学室にしかない」

　一之瀬さんは盗んだチョコを、科学室の実験用冷蔵庫に入れたのだ。冷蔵庫から取り出されたチョコには、温度変化によって水滴がついた。部活中の科学室は暖房が入っていたから、なおさらつきやすかったはずだ。

チョコが発見された日、私は登校する一之瀬さんと通学路で会った。家庭科準備室に戻したのは、前日の放課後だろう。真雪くんの報告を受け、事務員さんがチョコが発見された日の早朝に壊れた窓の修理をしていたことも確認済だ。

「あの日の放課後、かが、科学室の鍵を、かり、借りていたのは調べてあるよ。一之瀬さんしか、か、考えられないの」

話はこれで終わりだった。つっかえながらも、全て言えた。これでとぼけられたら、私には為《な》す術《すべ》がない。

一之瀬さんは唇を噛《か》んだ後、小さくため息をついた。

「本当にお菓子って面倒ね。化学の実験より厄介な気がしてきた。もう絶対に手を出さない」

罪を認めてくれたようだった。安堵《あんど》を感じた直後、疑問が芽生えた。

「なんで、こ、こんなことしたの？」

チョコを盗んだ理由は何なのだろう。真雪くんが恨まれるとは考えられなかったが、一之瀬さんは苦笑いを浮かべた。

「前にフォンダンショコラをあげたときに、泣かされたことがあってさ。天野くんが家庭科準備室にチョコを置いたのに気づいて、仕返しをしようと思ったの」

「あれって、い、一之瀬さんだったんだ」

友達がいない私は、六月の時点でクラスメイトの顔も名前もよく覚えていなかった。人前で泣かされたのなら、恨む気持ちも少しだけ理解できてしまう。

チョコを冷やしたのも、そのときのことがあったかららしい。熱に気をつけようと言われたのが耳に残っていて、科学室の冷蔵庫に入れたのだそうだ。

チョコをダメにするつもりはなかった。むしろちゃんと保存しようと考えていたのだ。本当は、すぐに返すつもりだったそうだ。

「天野くんにあやまるわ」

一之瀬さんは神妙な面持ちで、真雪くんにスマートフォンでメールを送信した。すぐに返事があり、駅前のケーキ屋にいることがわかった。

5

ガラス張りの店内に入ると、焦げたバターの香りがした。真雪くんはイートインスペースに座っていた。席には空の皿があって、汚れ具合から最低でもケーキ二品を完食したことがうかがえた。

「チョコを盗んだのは私よ。ごめんなさい。私がわるかった」

一之瀬さんが自ら事情を説明して、深々と頭を下げる。泣かされたときのことも正直に話していた。

しばらくの沈黙が続いた。心配になってくる。真雪くんは犯人探しなど望んでいなかった。私が勝手に怒って糾弾しただけなのだ。

ふいに真雪くんが立ち上がった。ケーキの並んだガラスのショーケースに向かい、店員さんに何か話してから席に戻る。ほどなくして店員さんが皿を三つ用意した。

円柱状という変わった形のチョコレートケーキだった。湯気がたっていて、温かいことがわかった。真雪くんがフォークをいれると、なかからトロリと溶岩みたいにチョコが溢れてきた。

「美味しいフォンダンショコラを食べさせるって約束したよね。冷めないうちに食べて」

「……あのときのこと、覚えてたんだ」

私たちは勧められるままにケーキを口に入れた。

溶けたチョコは少し熱いくらいで、しっとりとしたチョコ味の生地に絡んだ。熱せられたせいか生クリームの香りを強く感じる。ナッツのさくさくした歯ざわりもアクセントになっていた。フランボワーズのソースの甘酸っぱさが、濃厚さを引き立てている。

こんなに美味しいケーキ、はじめて食べた。私は自然と笑顔になっていた。一之瀬さんの表情も緩んでいて、真雪くんは笑みを浮かべて言った。

「甘いものを食べると笑顔になる。それでいいんじゃないかな」

「でも、それじゃけじめがつかない」

一之瀬さんが私へと視線を向ける。理由がわからなくて、困惑するばかりだった。

その後に飛び出した言葉に、耳を疑った。

「正直に言うと、さっきまで軽い気持ちでいたの。だけど沢村さんは本当に一生懸命だった。言葉に詰まっても話し続ける姿を見て、罪の重さを実感したんだ。沢村さんの必死さに報いるためにも、私はちゃんと罰を受けるべきだと思う」

私はただ、話をしただけだ。

普通の人ならすらすら言えることなのに、倍の時間を費やした。何度も言い直したから、わかりにくかったに違いなくて、申し訳なく思った。それでも伝えなくちゃって、想いをぶつけただけだ。

情けないと思っていた。みじめで、笑いの対象で、格好わるいと思っていた。その姿を、一之瀬さんは評価してくれた。こんなことがあると思ってなくて、私は茫然《ぼうぜん》とする。

真雪くんは困った顔をした後、とびっきりの名案を思いついたみたいに瞳を輝かせた。

「それじゃ罰として、ここの焼き菓子をおごってもらってもいいかな」

「まだ食べる気なの？」

一之瀬さんが目を丸くする。私たちが来る前にすでに何個か胃に収めていて、フォンダンショコラも食べている。それなのにさらに焼き菓子まで注文する気なのだ。

「え、ダメかな……」

心底残念そうな表情に、一之瀬さんが噴き出す。私もつられて笑うしかなかった。

真雪くんは真剣な顔で返事を待っている。

悠姫子さんは言っていた。真雪くんはどんなに苦しいことがあっても、甘いものを食べていれば前を向いていけると。

これまでどんなときに、甘いものを食べてきたのだろう。すごく知りたいと思った。けれど、教えてもらうだけの関係を築けていない今では、質問しようとしても言葉は詰まってしまうだろう。

手作りのトリュフチョコはバッグに入れてある。こんな美味しいチョコケーキを前にして、出す気力はすっかり萎《しぼ》みかけていた。

それでも、食べてほしいと思った。きっと満足はしてもらえないけれど、真雪くんに私の作ったチョコを渡したかった。それくらいの勇気なら、何とか出せそうだ。

「あ、ああ、あのっ」

真雪くんが私のほうを向く。最大の問題は、チョコレートという言葉が出てくるかどうかだ。根拠はないけれど、きっと大丈夫な気がした。私は小さく、息を吸い込んだ。

畠中恵

チヨコレイト甘し

EPISODE

畠中恵（はたけなか・めぐみ）

漫画家アシスタントやイラストレーターを経て、2001年、若だんなと妖たちが謎を解く『しゃばけ』で日本ファンタジーノベル大賞優秀賞を受賞。小説教室で都筑道夫に師事していた。デビュー作はシリーズ化されて話題を呼び、2016年に第1回の吉川英治文庫賞を受賞している。〈まんまこと〉シリーズや〈つくもがみ〉シリーズといった時代小説が多いが、『百万の手』や『アコギなのかリッパなのか』のような現代物のミステリーも。

1

「鉄道馬車と競っている気かね、あれは」

賑《にぎ》わう日中、銀座の煉瓦街を走る鉄道馬車の車中から、しばし道を眺めていた皆川《みなかわ》真次郎《しんじろう》は、驚いたようにぽつりともらした。道の後方から、必死に馬車を追いかけてくる若者が目に入ったのだ。

もっともよく見ると、若者は馬車と競いたいというより、人に追われ仕方なくの遁《とん》走《そう》をしているらしい。追う男の野太い大声が車中にまで聞こえてきたので、真次郎は走る若者の名を知ることとなった。

「相馬小弥太《そうまこやた》、見つけたぞっ。待てっ」

「うわあっ、拙《まず》い」

人や人力車を掻《か》き分け追ってきているのは、三人の壮年の男であった。皆足が速く、その上どう見ても親しくなりたくないご面相をしている。己の面食いを悟った真次郎は、いささか興味にかられ、その必死の駆けっこに見入った。

江戸から明治と変わり、既《すで》に二十三年となっている。諸事移りゆく世の中ではあるが、待てと言われて馬鹿正直に足を止める者は、明治の今でも居はしない。

(お若いの、助かりたきゃぁ何としても、前を走る馬車に乗るしかないな)

己も似たような若さであることを棚《たな》に上げ、真次郎は老爺《ろうや》のように重々しく頷いた。

(しかしあの追っ手の奴ら、しつこそうでいけないね。あれじゃ女にもてなくなること請《う》け合いだ)

確信を持った考えが浮かんだが、鉄道馬車を降りてそれを三人に教えてやるほど、親切な心持ちにはなれない。見ていると、若者は不安にかられた顔で、急に懐に手をやっている。大事な品が無事であったのか、一瞬表情が緩んだ。

(何か、余程の品でも持っているのかね)

そう思った時、鉄道馬車が速度を落とした。窓からちらりと袴《はかま》が目に入ったから、誰かが乗るのだろう。「助かった」そういう声が若者から聞こえた途端、馬車はまた直ぐに速度を上げた。客は身軽にも馬車が止まらぬ内に、さっさと車内に乗り込んでしまったのだ。

「わあっ、ま、待ってくれっ」

そう言う若者の声は苦しそうで、息が切れてきている。御維新この方帝都は驚くほどに変わったというのに、いざとなった時の頼りは、やはり己の足だけらしい。このままではいずれ馬車から置いてきぼりを食らい、追ってくる者達に捕まってしまいそうだ。

（これでは江戸時代と、ちっとも変わらないじゃないか）

真次郎が口をへの字にしたとき、車両の中に、ふと花のような香りが漂った。すいと振り返ると、明るい笑顔が目の前にあった。

「あら真次郎さんだ。奇遇ね」

先程鉄道馬車に乗り込んだ客が、知り合いの小泉沙羅《こいずみさら》だったと知って、真次郎も笑みを浮かべる。沙羅が近くの席に座ると、車内の男達がちらちらと視線を送って来るのが分かった。

「そうだ、真さんおめでとう、菓子製造営業免許鑑札、取れたんですって？」

「耳が早いな。父上から聞いたのかい」

「これでパーティーとか、色々仕事ができるわね」

真次郎は、最新の甘味である西洋菓子を作る職人であり、帝都に『風琴屋《ふうきんや》』という店を構えたところであった。だが菓子税が出来てから後、西洋菓子屋を営むには鑑札が必要なのだ。つまり真次郎はまさにこれから、商《あきな》いの道にこぎ出すところなのだ。

真次郎はにやっと笑うと、黒いインバネスの脇に下げていた、風呂敷包みを掲げて重箱を沙羅に見せる。甘い香りが仄《ほの》かに漂った。

「しばらくは注文販売のみで商売する気だよ。店売りをするにゃあ、資金不足なんでね。でもさっそく、菓子の注文をとることが出来た。配達する途中なんだ」

知り合いの巡査大熊《おおくま》が退任し、母方の実家を継ぐので、同僚による慰労《いろう》の会が開かれる。そこに西洋菓子を届けるのが、店主となった真次郎の初仕事であった。

「重箱に入っているのはビスキット？」

「いや、今日はシユウクリームとエクレアだ」

エクレアは、シユウクリームにチヨコレイトを付けたものだ。真次郎の説明を聞き、沙羅の目が輝く。

「私、それ食べたことがない。ねえ真さん、慰労の会についていって、味見させてもらっちゃいけない？」

「俺は西洋菓子屋だ。客に洋菓子は届けるが、一緒に女学生を配達したりはしない。

こら、若い娘が食い気に走るんじゃねえよ」

髪は『マガレイト』という流行《はやり》の束髪。淡萌黄《もえぎ》の着物に臙脂《えんじ》の袴、ブーツを履《は》いた沙羅は、喋《しゃべ》らなければ麗《うるわ》しくも花のごとき女学生だと、真次郎は真面目に保証する。

「だから黙って、大人しくしていろ」

居留地育ちの真次郎は、婦人を褒《ほ》める言葉が華やかであった。もっとも一言多いというか、言葉に素直さが欠けるのは、日本男児のせいかもしれない。沙羅は頬を膨《ふく》らませた。

「どうせ長瀬《ながせ》巡査さんたち、若様組の集まりなんでしょう？　私が行ったたって、怒ったりしないわ。食べずに皆と、お喋りするだけでもいいんだけど」

二人に共通の友の名を出してみても、真次郎は首を縦に振らない。

「つまんないわ。溜息の出るようなことばっかり」

沙羅が少しばかり頬を膨らませたとき、真次郎がすっと目を細めた。

「沙羅さん、その、最近何かあったのか？」

「え？」

「その、居留地のパーク先生が……」

首をかしげた沙羅が真次郎に目を向けた途端、背後の窓の外に向け声を上げる。

「あら真さん見て。外に、鉄道馬車と競走しているお人がいるわ」

「ああ」

道の後方に目を向けた真次郎は、小さく首を振った。若者はいよいよ追っ手の男達に、追いつかれそうになっている。沙羅は真次郎の問いなど忘れてしまったのか、ただその光景に見入っていた。

「まあ大変、あの若いお方、逃げているのよね？　ねえ真さん、御者《ぎょしゃ》さんに馬車を止めてもらいましょうよ。あのお人を乗せてあげたいわ」

恐ろしげな追っ手に捕まっては、若者が可哀相《かわいそう》だと沙羅は言う。真次郎は口元を引き結んだ後、その言葉を遮《さえぎ》った。

「止めちゃ駄目だ！」

「どうして？」

「追っ手がすぐそこに迫ってる。馬車が止まってから乗車してたら、追いつかれるぞ」

両方乗ってしまったら、若者には逃げ場がない。そう言われ沙羅が眉尻《まゆじり》を下げた。

「じゃあ、どうすればいいの？　真さん、真さんは寂しがり屋でお人好しじゃない。あのお人を助けてあげてよ」

「誰が『寂しがり屋でお人好し』だ！」

　真次郎が怖い顔をしたにもかかわらず、沙羅は気にもしないで、外の道を走る若者を見ている。真次郎は口元を歪め忠告した。

「なあ、どっちが悪者かなんて分からねえぞ。あの若いのが引ったくりで、それで追われているのかもしれねえ」

「そんな事情だと分かったら、後で真さんが伸《の》してしまえばいいじゃない」

　沙羅はにこりとして、簡単に言う。

「やれやれ」

　顔をしかめる。だが確かにここまで見ていたからには、見捨てるのも後味が悪い。こうなったら助けるしかないのだろうが、面倒なことであった。大きく溜息をついた後、真次郎は沙羅に重箱を持たせる。

「つまみ食いするなよ」

　念押しした後、顔見知りの御者に声をかけた。

「北川《きたがわ》さん、ちょいと訳ありだ。合図を送ったら速度を上げて欲しいんだが」

　沙羅との話を耳にしていたらしい御者が、思わずといった感じで聞き返してきた。

「上げる？　止まるんじゃなくて？」

「頼りにしてる。よろしく」

そう言うと、真次郎はさっと最後尾の乗り口に出て、駆けてくる若者との距離を測った。手を差し出すと助けが現れたと思ったのか、若者は必死に己の手を伸ばしてくるが、僅《わず》かながら届かない。面倒くさかったので「今少し速く走れ」と言ってみたが、若者の足はもつれ今にも転びそうで、一向に近寄って来なかった。

「やれ、手間なことだ」

言うなり、真次郎は乗り口の端にブーツの足先を引っかけると、倒れるように馬車から身を乗り出した。ケープの付いた黒いインバネスが翻《ひるがえ》る。車体ががくりと揺れ乗客らが声を上げた。

その時、真次郎の手が若者を摑《つか》み、思い切り良く乗り口の上に引きずり上げる。

「今だっ」

かけ声と共に、馬車がいつにない速度を出した。いい加減走り疲れていたらしい追跡者達はうめき声と共に、銀座の馬車道に取り残されていった。

2

『大熊巡査退任につき慰労をする会』は、銀座の有名所の牛鍋屋『いろは』の一室にて開かれていた。

店に顔を出した真次郎は、助けた相馬小弥太を連れ、賑わう店内を二階へと上がる。先刻馬車の内で、小弥太から、追われた大まかな事情を聞いたのだが、それはどう考えても西洋菓子屋がどうこう出来る話ではなかった。ならば、事件を扱う本職に相談するに限る。

「幸いというか、菓子の配達先には巡査さん達が山といる」

よって真次郎は小弥太をいろはに連れてきたのだ。すると次第を知りたいと言い、ちゃっかり沙羅がくっついてきてしまった。

三人が顔を見せると、牛鍋屋の二階に歓迎の声が上がった。

「おう、沙羅さんじゃないか。大熊、良かったな。最後にもう一度会えたぞ」

紺《こん》地に黄絨線《こうじゆうせん》の袖章《そでしよう》の入った洋装の巡査達は、真次郎をそっちのけにし、まず沙羅に笑みを向ける。

「沙羅さん、今日も花のごときお姿だね」

酒が入っているのか、中にはそろりと沙羅の手を取ろうとして、仲間に頭をはたかれる剛《ごう》の者までいた。巡査達に口々に優しい言葉を言われると、沙羅は嬉しそうに笑ってから、ちらりと真次郎を見た。

「あら、ありがとう。真さんも若様組の皆さんくらい、礼儀正しかったらいいのに。真さんたら、いろはにには招待されてないから来ちゃ駄目だって言ったのよ」

「そいつはけしからん。沙羅さんは我ら若様組のマドンナではないか。こいつが今度馬鹿を言ったら、我らに言いつけなさい。懲《こ》らしめてやる故《ゆえ》」

集まった者の筆頭格、長瀬がそう口にすると、座にいた巡査らは頷き拳固《げんこ》を突き出してくる。真次郎は苦笑を浮かべ、ぼやいた。

「この面々が、元若様だっていうんだからねえ」

江戸の世の消滅と共に禄を失った元武士の中には、維新後巡査となった者が多くいた。その中で、元々禄の高い旗本の若様であった者達が自然と集まり仲間を作った。そして誰がつけたのか己達を、内々に若様組と呼んだのだ。

学があり腕っ節はなかなかで、様々な特技を持つ者も多い。ついでに行き場のない元家臣達を何人も、未だに側に抱える者も多かった。よって皆、常に金欠であった。

そして。

「時の流れと共に家が没落したせいかね。性格が破綻《はたん》した者が山といる、困った巡査達だ」

それが若様組長瀬の昔なじみで、彼らと仲の良い真次郎の意見だ。若様組のもう一つの特徴として、彼らは顔見知りである麗しの沙羅に、大層優しい。

「だが沙羅さんは、いろはの肉や皆の褒め言葉より、菓子に引かれて来たんだと思うがね」

巡査達に無視されていた真次郎がそう言って、注文の西洋菓子の箱を長瀬に差し出す。すると沙羅の目はあっさりとそちらに吸い寄せられ、巡査達に会ったときより大きくにこりと笑ったものだから、元若様達は一旦《いったん》静まり、悲しげになった。

「やれ、これでやっと話を聞いて貰えるかな」

ここが話し時と、真次郎が連れてきた小弥太を、並んだ鍋の脇から皆の前に押し出す。すると若様組の一同は沙羅から目を離し、新参を見つめた。真次郎の口から、見慣れぬ男を伴ったいきさつが語られると、居並ぶ巡査達に向かい、両の手を畳につい た小弥太が深く頭を下げた。

「私は相馬小弥太と申します。某松平《まつだいら》一万一千石の、元藩士の倅《せがれ》です」

小弥太は、突然の訪問の無礼を詫《わ》びた後、とことん困っているゆえ、相談に乗って貰いたいと口にした。そして懐から袱紗《ふくさ》包みを出すと、七輪《しちりん》の脇にそっと置いた。

「実は、私が男らに追われている訳は、これなんです」

長瀬が包みを手に取る。すると中から丸く薄い物が顔を出した。向かい蝶《ちょう》の透《す》かしが入っており、茶がかった鈍色《にびいろ》の品であった。

「刀の鍔《つば》だね。おや、大層なご紋入りだ」

小弥太が、鍔は祖父の形見なのだと説明した。そして追ってきた者達は、ただの強盗ではなかった。

「実は同じ藩にいた士族達なのです。彼らはその、旧松平藩の御嫡子《ちゃくし》を捜しておりまして。お家再興を願って活動しているのです」

「はあ、御嫡子？　お家再興？　今時？」

巡査達が一斉に呆然《ぼうぜん》とした目を、小弥太に向けた。江戸の世は二十三年も前に、消えてなくなっている。

「今は藩もへったくれもない時代だろうが」

「無茶を言うなあ」

皆、夢物語を聞いたような顔つきだ。

「ええ勿論、今更藩が蘇《よみがえ》る筈もありません。ただ彼らは殿のお血筋を見つけ、その方に華族となっていただきたいと思ってるのです」

元藩士達は、他の数多の士族達と同様に、新しい世で困窮していた。よって彼らは、頼れる大樹が欲しいのだ。元の藩の殿が華族であれば、藩士達の暮らしもも少しましになると思っているのだ。維新後、元大名達の多くが華族の称号をいただいている。よってそれは、あながち無体《むたい》な話ではない……筈なのだ。

「我らが松平家では、ちょうど御維新の前後、殿と世継ぎの若君が病で相次ぎ亡くなりました。跡目が決まらぬ内に、爵位をいただけぬまま松平家は消えてしまったのです」

その後、没落した元藩士達の心に、維新当時のことが、後悔の念を生んだのだ。

「ご側室が、身ごもっておられたそうで」

だが、あの混乱期、産まれてすらいない赤子では、役に立たなかったのだ。今では無事お子が誕生したのかどうかさえ、分からなくなっている。ご側室共々消息不明であった。

「そのご側室に殿は、ご愛用の品を与えたと言われております」

「もしやこの、向かい蝶の透かしが入った鍔は、殿様からの拝領品かい？　じゃあ目の前にいる小弥太さんは、御落胤《らくいん》様なのか」

ちっとも信じてはおらぬ顔で、真次郎が聞く。小弥太はきっぱりと首を振った。

「違います。鍔は祖父が当時の殿からいただいた褒美の品です。ただあの士族達は立派なご紋故に、これが殿のご愛用品だと勘違いしてるんです」

もっともさすがに、小弥太のことを御落胤だとは思っていないという。

「あいつらの中に、知り合いがいまして。生まれた年が違うのを知っていますから」

だが御落胤への手がかりは、殿の愛用の品だけだ。士族達は誤解したまま鍔に執着し、渡せと要求していた。小弥太が今、書生として世話になっている家にまで、何度か押しかけてきているという。

「これ以上その家に迷惑をかけられず、帰れないのです。あの、ご縁があったついでと言っては申し訳ないが、助けてもらえませんか」

困り果て泣きつく小弥太を前に、巡査達は顔を見合わせる。長瀬巡査が溜息をついた。

「同じ士族の窮地、力を貸したいとは思うが。だが、しかしなぁ」

帰る場所がないと言われても、警察署に泊める訳にはいかない。長瀬はしばし考え込み……真次郎の方を向くと、あっさり言った。

「なあミナ、助けたついでだ。ほとぼりが冷めるまで、小弥太くんをお前さんの店に置いてやれよ。お前の父上とて士族だったろ」

「……あの、ミナって？」

背の高い大の男が、いきなりミナという可愛い名で呼ばれ、小弥太は面食らった様子であった。巡査達や沙羅がその顔を見て、笑いを浮かべている。特大の苦虫を嚙みつぶしたような表情になった真次郎が、説明をした。

「俺の名は皆川って言うんだよ。子供の頃親が死んだんで、築地《つきじ》居留地にある宣教師の家に置いて貰い、下働きをして生きてきたんだが」

外国人には真次郎と呼ぶより、名字の皆川を縮めて言う方が簡単だったらしい。今ではすっかり、ミナという名が居留地で定着しているのだ。だが。

「舌っ足らずの外国人じゃあないのに、俺のことをミナなんて呼んだら、殴り飛ばすぞ」

小弥太にびしりと言ってから、真次郎は長瀬に目を向けた。

「俺には、この小弥太さんを引き受ける余裕がないんだ。今、パーティー準備で忙しい」

「ぱあてい？　なんだ、そいつぁ」

「今更、鹿鳴館《ろくめいかん》でもあるまいによ」

　あれこれ言う巡査達に、ここで子細を説明したのは、エクレアをもそもそ食べ続けていた沙羅であった。

「あのね、真さんを育ててくれたストーン宣教師夫妻の結婚記念日パーティーを、居留地の異人さん達が開くんですって。その日の為の料理やお菓子を頼まれてるの」

　そしてそのパーティーは、真次郎にとって特別なものになるかもしれないのだ。新米の菓子職人は知り合いの外国人達に、西洋菓子作りの腕をパーティーにて試されるのだという。

　居留地にいる外国籍の者達は、日本で西洋菓子を求めるのに、未だに苦労することが多かった。よって居留地仕込みである真次郎の腕が本物と証明されたら、新しく開いた西洋菓子屋風琴屋で使う調理用ストーブや菓子型などを、援助してくれる約束なのだ。

「真さんは予約販売だけじゃなくて、いつか店売りもしたいんだけど、何しろお金がないの。だからそのパーティーには、風琴屋の将来が懸かってるのよ」

　それで忙しい真次郎は今、小弥太を預かれないと言ったのだ。ところがそれを聞いた長瀬が、勝手なことを口にしだした。

「そういうことならば、手伝いが必要じゃないか。いや、ちょうど良かったな。小弥太くんが居れば諸事を頼めるぞ」

「うちは西洋菓子屋だぞ！　書生さんにお頼みするご用なぞ、ない」

巡査達が小弥太を押っつける気と見て、真次郎は思わず身を引き、咄嗟《とっさ》に助けを求め、沙羅を見た。だが何故《なぜ》だか沙羅にはいつもの元気がなく、先程のエクレアを食べ続けているばかりだ。

ここで真次郎はふと眉を顰《ひそ》め、沙羅が食べた菓子の数を目で数える。すると三つ目かと思ったエクレアを、まだ一つしか手にとっていないと分かって、大いに首を傾げることとなった。

「沙羅さん、どうした。今日は随分と食欲がないじゃないか。妙だな。元気一杯が取《と》り柄《え》の、お前さんじゃないみたいだ」

沙羅がぷいと横を向いた。

「別に。いつもと何も変わらないわよ」

「いや、ちょいと違いますよ、沙羅さん。妙にしっとりと麗しいというか……」

二人のやり取りに、巡査の福田《ふくだ》が声を挟《はさ》む。普段なら〝妙〞などと言われたら扇子《せんす》で引っぱたきかねないのに、今日の沙羅は小さく溜息をつくばかりだ。これを見た真次郎は更に考え込み、横で長瀬も顔をしかめた。

「おやおや、どうした事だろうねえ。おいミナ、お前さんは沙羅さんの溜息の訳を、突きとめなきゃあならねえよ。幼なじみだろうが」

自分も幼なじみだということは棚に上げたあげく、ふっと笑うと、長瀬は親切そうに真次郎の肩を抱いてくる。

「でもミナは『ぱあてい』とかの支度に忙しいんだろう。用が重なって気の毒だ。だからさ、俺たちは小弥太くんを、お前さんの店にやるんだよ。色々手伝って貰え。うん助かったな」

これで三方丸く収まると、長瀬は嬉しそうに言う。そして眉間《みけん》に皺《しわ》を寄せた真次郎の返事より先に、さっさと小弥太に言葉をかけた。

「居場所が出来て良かったな。なあに、ミナは一見強面だが、こうみえて寂しがり屋でお人好しなんだ。大丈夫だよ」

皆が公認する『寂しがり屋でお人好し』は、怖い顔で言い返そうとして……口を閉じた。なすべきことは溜まっている。確かにこのまま独りでは、対処出来る筈もなかった。それに、頼ってきた者を放り出すのも不人情だ。こうなったら、小弥太を引き受けるしかないだろう。

（だが……何でこんなことになったんだ？）

いつの間にか蜘蛛《くも》の糸に搦《から》め取られていた、虫の気分だ。何かすっきりせず、真次郎は沙羅と小弥太と長瀬に目をやり……小さく首を振った。

3

数日後、パーティー料理の打ち合わせの為、居留地へ向かおうとしていた真次郎は、開けていない店からの物音を聞いた。首を傾げつつ菓子作りの作業場に行くと、部屋の内が見事な程粉まみれになっていた。

「……この部屋にだけ地震でもあったのか？」

小麦粉が減り砂糖が減り、大事な手作り牛酪《バタ》がすっからかんだ。台所の調理台の上には、作りかけの菓子種らしきものが入ったボウルと、小さな板きれのようなものが載っているではないか。

大分焦げているが、板きれからは食べ物らしき香りがする。試しに欠片《かけら》を齧《かじ》ってみると、ごきりと大きな音を立て板が口の中で折れた。

「うへっ、こりゃ堅い……」

味以前の問題であった。歯が欠けそうだ。そのとき小さな声が聞こえた。

「あの、シッガルビスキットとやらを作ってみたんです。味、どうですか？」

小弥太が総身に粉をまぶした格好で、横の小部屋から顔を出してきた。そのまま天《てん》麩羅《ぷら》にしたくなると、ふと思う。

「小弥太！　駄目だと言ったのに、勝手に店の品を使ったな！」

真次郎は大きく溜息をついた。一つには小弥太に腹を立てたから。二つには、真次郎が食べたのはビスキットらしいが、それをどうやったら食物とも思えぬ堅さに作れるのか、分からなかったからだ。

小弥太は頭を掻いて、紙を見せてくる。一種の才能だ。

「知り合いの書生に、分量書きを貰ったんです。それで作ってみたんですけど」

せっかく西洋菓子店に置いて貰ったのだ。手伝うつもりで、その製法通りにやってみたのだという。真次郎はその紙を読み上げてみる。

「小麦粉一斤《きん》半、牛酪四十目《め》、砂糖半斤、泡立ちたる米の粉半コ《こ》ールドをもって製するもの……米の粉？　ビスキットに？」

一見まともそうで、しかし不思議な分量書きであった。おまけに最後まで読んでも、菓子を焼く時間が書いてない。

（この作り方を見ただけで、いきなり食べられる物を作れたら、手妻だな）

思わずこめかみに手をやる。実入《みい》りの少ない身に、予定外の出費が辛《つら》かった。

「とにかく、この板の親類は食えないよ。売り物にならん。小弥太、二度と作るなよ！」

「……済みません」

西洋菓子は種を作るにも焼くにも、それなりの腕がいる。真次郎は今、店で居留地の知り合いから借りた中古の調理用ストーブを使い、菓子を焼いていた。上に四つも鍋が掛けられたし、まん中では菓子を焼いたり、炙《あぶ》り焼き料理も出来た。銅壺《どうこ》があるので湯も沸かせる。

しかしストーブは、火力の調整が難しい。職人でも修業が必要であった。

（甘い物位、簡単に作れる気がするのかね）

小弥太は似たような年頃の真次郎に、ただ使われるのが、嫌なのかもしれない。もう一度溜息をつくと、真次郎は話を変えた。

「もう菓子のことはいい。それより小弥太、沙羅さんについて、噂を集めて欲しいと頼んどいたよな。居留地の女学校で、何か変わったことを聞かなかったか？」

居候に役立ってほしいのは、こちらのことであった。すると小弥太は大きく頷いた。笑みを浮かべ「まず最初に」と話を始める。

「とにかく気になるんですが、沙羅さんと真次郎さんは、好きあってるんですか？」

物も言わずに一発拳固を食らわす。小弥太は目に涙を浮かべしゃがみ込むと、素直に女学生から聞き込んだことを報告し始めた。

「学園での、ご学友だという方から話を聞きました。沙羅さんは最近失せ物をしたようです。それで、がっかりしているのかもしれません、と」

「ほお。もしやそいつは桃色の飾紐《かざりひも》、リボンのことかい？」

真次郎にあっさりと言われ、小弥太は眉を上げた。

「リボンの紛失、気づいてたんですか？」

「沙羅さんはいつも、同じリボンを付けてたが、この間はしていなかったからな。でもあれは、西洋菓子の箱についてきた安物だぞ」

沙羅の父小泉琢磨《たくま》は、正真正銘の成金であった。江戸の頃は『青戸屋《あおとや》』という札差しの奉公人だったのが御維新の後独立し、まず兎《うさぎ》を飼う流行に乗って儲けた。次に金貸しとなり、今は貿易にも手を広げて大いに稼いでいる。

沙羅はお嬢様と呼ばれるようになり、欲しければリボンくらい、幾《いく》らでも買える身なのだ。なのにいつまでもあの安価なリボンを髪に結んでいる。一つの謎であった。

「大事にしてたのに、何であのリボンをなくしたのかな」

真次郎が他に何か聞いていないかと聞くと、小弥太が少々気恥ずかしそうにそっぽを向いた。それ以外に摑んだものはないのだろう。

(やれ、分かった事は一つだけだったのか)

書生は元々勉学に励む身で、警察ではないのだから仕方がない。真次郎は粉だらけの作業場を片づけるよう言ってから、店を出た。

今日の訪問先は、居留地に住む女学校教師、パーク先生宅であった。西洋菓子屋風琴屋は銀座の煉瓦街と築地居留地双方から、同じほど歩いた場所にある。その地の利が気に入り、真次郎は店舗を決めたのだ。

築地居留地は日本で最後に出来た、在日外国人達のための治外法権の地であった。小規模であった上に、開港を認められていなかった故、作られた当初は、今ひとつ外国人達に人気がなかったらしい。

しかし外交官達が領事館を作り始め、宣教師達が聖堂を建てると、やがて英語塾や女学校も作られ、ホテルが建ち商社が活発に活動するようになって、今では賑わいを見せている。

風琴屋からしばし歩いてゆくと、じきに東京の風景が一変する。堀の向こうに、煉瓦建ての校舎や洋館が並ぶ町が、忽然《こつぜん》と現れるのだ。聖堂の鐘が朝に夕に余韻と共に響き、まさに小さな西洋が現れたごとくで、東京の地にあるとは信じられぬ風景だ。この地と地続きだと思えるのは、帝都では銀座の煉瓦街くらいであった。

(堀の向こうに、外国の写真を嵌《は》め込んだみたいに見える)

そう感じつつも、真次郎には幼い頃から馴染んだ懐かしい地だ。橋を渡り広く真っ直ぐな通りを行くと、じきに蔦《つた》が絡《から》まる洋館が見えてきた。真次郎は迷わず足を踏み入れ、玄関のベルを鳴らす。

「いらっしゃい、ミナ。久しぶりね」

真次郎の顔を見ると、女学校で教えているケイト・パーク教師は、にこりと笑いかけてきた。

六つのとき、通事だった真次郎の父親は、突然居留地で亡くなった。孤児となった真次郎は、親の仕事先であった宣教師館や周りの洋館でお端仕事《はしたしごと》をしつつ、面倒をみてもらったのだ。

ストーン夫妻の宣教師館近くに住む外国人には、真次郎の親代わりを自任している者が何人もいる。パーク教師もその一人で、真次郎は学問とパーティーの開き方、それに悪さをしたらお尻をひっぱたかれることを、この教師から学んでいた。

街の皆のおかげで真次郎は無事に成長したが、当時の日常会話は英吉利《イギリス》語。学生達や日本人の使用人らが居留地に居なかったら、危うく日本語を話せなくなるところであった。

（ああ、この家はいつ来ても変わらないな）

勝手知ったる家の居間で、真次郎はパーク教師に、ストーン夫妻結婚二十周年を祝うパーティーでの料理リストを渡した。真次郎の腕試しの場だと分かっているから、菓子の品書きには気合いが入っている。

「牛肉のシチューに鶏の丸焼き、パイ、温野菜、マッシュドポテト、ソップ（スープ）、それに西洋菓子」

メニューを目にして、パーク教師は満足そうに頷いた。菓子は、レモンプリン、スコットランドショルドプレッケーキ、スポンジビスキット、アイリッシュシードケーキ、果物のゼリーなどだ。

「久しぶりに、ミナの手料理と菓子が食べられるのね。合格してね。ミナは帰国した菓子職人のジャンに、作り方を習ってる。私はいつでも美味《おい》しいお菓子が買えるようになる日を、楽しみにしているのよ」

明治となって二十年以上が過ぎた今も、居留地の住人達は、上等な西洋菓子を作る店がもっと欲しいと願っている。腕を磨くため洋行したり、日本にいる外国人に習う日本人もいるが、食べつけていない本格的な西洋菓子を習得するのは難しいのか、外国人が気に入る程の店はあまりない。海外に留学しても人種的差別や言葉の壁、国内では材料や機材の調達の困難など、修業の障害が山とあるせいかもしれない。

その点居留地で育ち、外国の料理人を手伝う事によって腕を磨いた真次郎は、恵まれていた。ただ知るのは西洋の甘味ばかり。真次郎には、日本人の口に合う菓子が作れるかという問題が生じてしまっていたが。

「でも、ミナだから採点を甘くすることはしないと、みんな言っているわ。だから頑張ってね」

ところでと言い、パーク教師は顔付きを少し硬くした。紅茶を出してくれつつ問う。

「先日頼んだ問題は、どうなりました」

真次郎が一つ息を吐いた。

「先生が気にしてらっしゃった通りですね。沙羅さんは、随分と様子が変だ」

沙羅は、パーク教師の女学校の教え子であった。少し前から、パーク教師の目にも分かる程に、悩んでいる様子なのだという。

沙羅は貿易商の父にくっついて居留地によく来ており、その縁で真次郎とも以前より顔見知りなのだ。沙羅の元気がないとなれば、真次郎とて気にかかる。

「それとなく聞いてみたのですが、何でもないと言うばかりなんです。今、知り合いに訳を調べて貰ってますが」

小弥太に助力を頼んだのではいささか心許《こころもと》なかったが、仕方がない。とにかく真次郎は三日後のパーティーをやり遂げ、沙羅の憂いを取り去り……ついでに小弥太の鍔を巡る困り事を、片づけなくてはならないのだ。

ここでパーク教師が柔らかに言った。

「ミナはお友達だから、沙羅のことはこの先も気にかけてあげてね。日本では、はっきり発言する女性は好まれていないわ。学校に来ているお嬢さん達は皆大人しくて、なかなか心の内が見えないの」

沙羅に、大人しいという言葉が当てはまるかどうかは別として……外国の婦人方に比べると、日の本の女性達は諸事窮屈そうであった。

真次郎は頷くと、ゆるりと紅茶を飲んでいたい気持ちを封じて立ち上がり、パーク教師に頼むと庭に出た。今日、居留地に来たのは、香草を摘みたかったからでもあったのだ。料理や菓子に使う西洋の薫《かお》り高い草は、町の八百屋ではなかなか手に入らなかった。

木陰で鋏《はさみ》を動かしつつ、空を渡ってくる懐かしいオルゴールの響きを耳にしている内に、真次郎は窓際のテーブルの上に置かれていた空の菓子箱が、ふと気になった。するとと思い出した顔があったので、居留地を後にするとき貰って帰った。

4

風琴屋に帰り着いたら、コートの前あわせに二列の扣鈕《ボタン》を付けた、洒落《しゃれ》た姿の巡査達が作業場に集まっていた。見れば中の一人は長瀬だ。一人、袴姿の小弥太が、青い顔をして椅子《いす》に座り込んでいる。訳を聞き、真次郎は口元を引き締めた。

「例の士族達が、店に押しかけてきたって？　何故、小弥太の居場所が分かったんだろ」

「士族達は、偶然小弥太を見つけたんじゃないんだ。目を付けられたのは、ミナ、お前さんだよ」

長瀬によると士族達は、先日小弥太を鉄道馬車に拾い上げた男が誰かを摑んだのだ。世にまだ制服以外の洋装姿は多くない。若いのに、インバネスを肩で着こなしている真次郎の姿は、目立ったようだ。洋装姿の男が誰かを辿って、この風琴屋にまでやって来たらしい。

「幸い風琴屋はまだ店売りをしていない故、戸には鍵がかかっていた。小弥太くんは店内にいて無事だったが、あいつら、鍔を諦《あきら》める気がないようでな」

彼らは店の外から大声で怒鳴り、店主の真次郎に、小弥太の鍔を渡せと迫ったという。その時、風琴屋を脅迫《きょうはく》したので、近所の者に通報され巡査達が駆けつけることとなった。

「脅迫？　士族は西洋菓子を喰わぬことにするとでも言ったのか？」

「それは嗜好《しこう》の問題で、脅迫ではないよ、ミナ。あいつらは鍔を渡さねば、店の菓子製造営業免許鑑札を奪うと言ったのさ」

「は？」

真次郎の顔が一気に強《こわ》ばる。鑑札は菓子屋にとって、店の命であった。なければ無免許営業となって、菓子の代金を貰うと拙いということになる。居留地でのパーティーは三日後。真次郎には今ただで大勢に、菓子や料理を提供する余裕などなかった。

「長瀬、さっさとあの士族達を捕まえてくれ。菓子製造営業免許鑑札の強盗犯だ！」

「まだ盗《と》っちゃ、いないからなあ。無理」

頼りにならぬ友は、にべもない。仕方なく真次郎は、別口に訴えた。

「小弥太、鍔のこと、どうにかならんのか。パーティーの料金を貰えなくなったら、この店は本格開店前に潰《つぶ》れる！」

「でも……祖父の形見は渡せません！」

「風琴屋があの士族達に、何かした訳じゃないんだぞ！」

「お邪魔なら出て行きます。ああ、可哀相な私。どこにも居場所がない……」

「ミナ、小弥太、まあ待て。少なくとも、パーティーの日までは待てよ」

長瀬は若様組の巡査仲間で、三人の男を見つけ、説教してやると一応は約束した。

「そうか、長瀬は薄情な奴だが、少なくとも俺を友達だとは思っているんだな」

じゃあと言って店奥へ一旦姿を消すと、真次郎はじきに、薄べったい箱を抱えて戻ってくる。中には大事な鑑札が収まっていた。

「長瀬、暫《しばら》くこれを警察で預かっといてくれ。店売りはしていない故、こいつが一時店になくとも誰にも分からんだろう」

「おい、警察は保管庫じゃあないぞ」

「駄目だというなら、代わりに小弥太と鍔を警察で保護するんだな」

「……やれやれ」

今回の言い合いはとりあえず、真次郎の勝利となった。だが悩みが増えたという現実に、変わりはない。巡査が書類の保管庫代わりにしか役に立たないのなら、真次郎が事を片づけなくてはならない。頬を膨らませた。

「全く、俺は働き過ぎだ」

どうしてこう厄介《やっかい》ごとが次々起こるのであろうか。真次郎がこぼしたら、長瀬が妙な返答をした。

「そりゃあ江戸が明治に変わったせいさ。諸事忙しくなったからな。困り事だって、ゆっくり間を空けて起こっちゃくれないのさ」

妙な言い分だったが、当たっているとも思う。きっと三人の士族達も鉄道馬車に乗って、風琴屋へ来たに違いなかった。

世の中の定法《じょうほう》に従うと、生きるには楽だ。

つまり困ったことが三つあるのなら、常識としては、一つずつ片づけてゆくべきなのだ。

(分かってる……けどね)

しかし真次郎には今、その余裕が残されていない。よって、無茶と無謀を承知で突っ走ることにし、問題に次々と手を打ち始めた。

まず始めに鍔を挟んで、もう一度小弥太と話し合いをした。真次郎は鍔も暫く長瀬巡査に預けようと勧めたのだが、形見だからと言って、小弥太は首を縦に振らない。そう言われても、じゃあ出て行けとも言えないから『寂しがり屋でお人好し』と言われた己の性格を、小弥太に見抜かれている気もする。うんざりして、勝手に鍔をいじっていたら小弥太に叱られ、鍔は店奥の棚に仕舞われてしまった。

二番目に、その腹いせという訳ではないが、断じてないが、真次郎は小弥太に菓子作りの修業をさせることを思い立ち、苦手なビスキットの種を作らせた。表面に塗る為のチヨコレイトまで用意したから、本格的だ。とにかくパーティーは近い。諸事頑張らねばならなかった。

次に真次郎は、そろそろパーティー当日に使う食材を仕入れることにし、朝から走り回った。丸焼きにする鶏や、粉、ハム、果物、牛乳等を集めたのだ。財政の危機は大嵐のように押し寄せ、真次郎のなけなしの財布は既にぺしゃんこであった。

忙しいと、時は早く経つことになっている。勝負を賭《か》けたパーティーも近くなってやっと、真次郎は手つかずだった四つ目の問題に直面する時間を持てた。自慢のシードケーキで釣《つ》って、沙羅を居留地のパーク教師宅近くにある小さな公園に呼び出したのだ。

シードケーキを作るには、まず新しい牛酪を良くすり混ぜ、砂糖を加え更に混ぜる。ここに卵を加えまた混ぜた後、小麦粉、煎《い》った茴香《ういきょう》を入れて、最後にストーブで焼く。香りの良いケーキであった。

公園に置かれた西洋風の椅子に座り、沙羅はケーキに笑みを向ける。

「美味しい。シードケーキは何度か食べたことがあるけど、真さんのが一番だわ」

そうは言うものの、沙羅は今日も胃の腑の具合でも悪いのか、以前よりゆっくりと菓子を食べている。沙羅がケーキを食べ終わったのを確認し、吸筒《すいづつ》から注いだお茶を差し出してから、真次郎は紅《あか》いリボンを臙脂の袴の膝《ひざ》に置いた。

沙羅の目が丸くなる。

「桃色でなくて済まん。紅のリボンが付いた菓子箱しか、パーク先生の所になかったんだ」

しかし前のと同じ会社の西洋菓子に付いていたリボンだぞと言うと、沙羅が最初はそっと……その内、嬉しそうに大きく笑った。

「私が髪に結んでいたの、お菓子の箱に付いてたリボンだって、覚えてたんだ」

「あの桃色のリボン、子供の頃、長瀬達と食べたあの菓子に、結んであったやつだろ。だけど沙羅さん、あのリボンのせいで女学生達に目を付けられ、何か言われてたんじゃないか？」

真次郎は沙羅の元気がない訳を、同級の女学生達にいじめられたからだと推測していた。お気に入りのリボンを廉価《れんか》な品と見破られて、誰かに取られ、はやし立てられたのだ。

今の時代、女学校にまで娘をやれる家は、まだまだ少ない。つまり沙羅が通っている居留地の学校に来ているのは、良い所のお嬢様ばかりなのだ。

そんな中で沙羅は、特大太鼓判付きの成金の娘だ。よって身分の高い家の娘達の輪には、入りにくい筈であった。おまけに家柄は良くとも、沙羅の家ほど裕福ではない者も多かろうから、下手をすると集団で嫌がらせをされかねない。

「沙羅さんが落ち込んでいたのは、そういう訳じゃないか？」

学校は狭い集団で逃げ場がない。それで苦しかったのだろうと言うと、沙羅はにこりと笑って髪にリボンを付け、立ち上がった。

「真さんは、察しがいいなあ。やっぱり『寂しがり屋でお人好し』だと、気がつく所が違うわね」

ちょいと生意気な口調で言う。紅いリボンのおかげか、元気が戻ってきた様子だ。しかし。

「学校でいざこざがあったのは、大当たり。でも気分がぱっとしなかった理由には、真さんの推測以外のことも、あったんだ」

「は……？　どんな訳だ？」

「教えなぁい」

「おい、沙羅さんっ」

「リボン、ありがとうね。それじゃ、また」

花柄縮緬《ちりめん》の手提《てさ》げをひょいと手にすると、沙羅は女学校の方へ駆けだしてゆく。紅いリボンが翻り、居留地の西洋のような景色に映えて美しい。ふと見ると、道の先にも女学生がいて、そちらへ走ってゆく沙羅の姿が、まるで絵のようにも見える。真次郎は大きな声を出した。

「何がどうしたっていうんだ？」

だが沙羅からの返事はない。

「とにかくもう……大丈夫なんだよな？」

多分沙羅の悩み事は、概《おおむ》ね解決したように思えた。何やら不可思議な一言を残してはいたが、ぐっと元気な様子だったから。

「一つ、片づいたみたいだ」

ほっと息をついてからかぶりを振った。こうなったら考えを切り換え、早々に次の用事に移る準備をしなくてはならない。己の将来を懸けた居留地でのパーティーは、何としても成功させたいのだ。

でも。真次郎はちらりと、道の彼方《かなた》へ目を向ける。

「……気になるじゃないか。沙羅さんが、言いかけた言葉を途中で止《や》めるから」

ついぼそぼそと文句が口からこぼれ出る。今は先のことを考えなくてはならないのに、それでも未だ沙羅のことばかりが気になるのは、どうしたことであろうか。

何かが間違っている気がするのを振り切るように、真次郎は歩み出した。

5

結局、真次郎は、小弥太の鍔のことも沙羅が残した謎もすっきり出来ぬまま、明日はパーティーという日を迎えることとなった。

こうとなれば、もう調理に集中するしかない。真次郎は足元近くまである長い前垂《まえだ》れを身に着けると、小弥太にも支度をさせ、店の将来を懸けた勝負を始めた。煮込み料理や下ごしらえ、焼くのに時間のかかる菓子は、今日の内に済ませておくのだ。

店表の戸板を作業部屋に入れ、それを清めると臨時の置き台とする。小弥太に鶏の羽をむしってもらっている間に、己はまず牛肉のシチュー作りにかかった。ゆっくり煮込むつもりで塊肉《かたまりにく》を使う。野菜と、居留地の庭に生えていた香草の和蘭芹《オランダぜり》、月桂樹、阿蘭陀三つ葉、百里香《ひやくりこう》を束にして入れ、一緒に煮込む。

「真次郎さん、何だか西洋菓子屋というより、料理屋みたいですね」

「まあな、注文を受けたのはパーティー料理全部だから」

次に骨でスープを取り、その横でパイに詰めるハムと茸《きのこ》を平たい鉄鍋で炒める。終わると鍋で馬鈴薯《ばれいしよ》を茹《ゆ》で、マッシュドポテトを作り器に盛る。米と粟《あわ》で作った鶏用の詰め物、サンドイッチ用のハム、牛酪、胡瓜《きゆうり》、麺麭《パン》も用意した。居留地に持っていく酒と紅茶も、戸板の上に並べる。

そして真次郎はいよいよ、西洋菓子屋としての将来を懸けた作業に入った。

「まずはスコットランドショルドプレッケーキから、焼くか」

大きなボウルを用意し、小麦粉二斤と干し葡萄《ぶどう》三十目を量り入れる。杏《あんず》の種四目を刻んで投入。牛酪一斤を溶かし粗熱を取り、入れてよくかき回した。それをのし棒で厚さ一寸ほどに伸ばす。

慣れた手つきで種を切りながら、真次郎は笑みを浮かべていた。菓子をたっぷり作れる事が、嬉しくて仕方がなかった。このパーティーが終わったら、借りているストーブを買い取ることが出来るかもしれない。店売りの菓子を作る為の大切な器具が、手に入るのだ。

(夢に一歩、近づくな)

店内では小弥太が、ボウル洗いや後かたづけをして、結構役立ってくれていた。今日裏方に徹してくれているのは、先に本人が作ったシッガルビスキットを、強引に味見させたせいかもしれない。

(裏方は面白くないから、菓子を作りたいとは言わなくなったもの)

真次郎はスポンジビスキット、レモンプリンと焼き、ゼリーを飾る果物も煮た。戸板の上には大皿が並び、甘い匂いが満ちる。ふと窓を見ると、いつの間にやら外はすっかり暗くなっていた。

「良い出来だ」

一日がかりでこしらえた料理を前にして、真次郎は長い道を走りきった後のように、妙に興奮していた。後は明日の午前中、調理用ストーブの真ん中で鶏を焼き、サンドイッチと温野菜を仕上げれば、パーティー料理は完成だ。

昼には届ける手筈であった。くたびれているのに、何故だか笑みが浮かんでくる。

「今日はこれまで。小弥太、ありがとうな」

声を掛けると、やはり疲れた様子の小弥太が、それでも嬉しげな顔をして頷いた。

料理や菓子を眺めてから、横の小部屋に消えてゆく。

真次郎は一人今日の後かたづけをし、明日の支度をしてから床についた。時計の針は深夜をとうに過ぎていた。


翌日の明け方、店の板戸を外から叩く音で、真次郎は起こされてしまった。

部屋は二階で、降りるのが鬱陶《うっとう》しい。今少しだけ寝ていたい。するとありがたいことに、一階の食料品庫の隅で寝起きしている小弥太が起きたらしく、店先で対応している声がした。

（牛乳屋が早めに届けに来たのかな。沢山《たくさん》のクリームと牛乳を、注文しておいたから）

今日は特別の一日なのだから、奮発したのだ。ところが。

突然、真次郎は飛び起きた！　物凄《ものすご》い音が階下から響いてきたからだ。大声が聞こえる。

「ど、どうしたっ」

慌てて階段を駆け下りる。その短い間にも、心の臓が速く打ってきていた。不吉な音は続けざまに階下から響いてくる。止まらない。

（何があったっていうんだ？）

階段の途中から横手の作業場を見おろした途端、足が止まった。目を大きく見開く。

作業場と店先に置かれた戸板が、ひっくり返されていたのだ。信じられないことに、載っていた料理や菓子が、床に落ちている。その時、一段と物凄い音がした。袴姿の男二人が、視線の先に現れ、ストーブの上にあったシチュー鍋までひっくり返したのだ！

「えっ……」

そう言ったきり、声が出てこない。転がっていた麵麭《パン》や野菜の上にシチューが被さって、何もかもが汚らしい茶色に染まっていく。机の脚近くに落ちた肉の塊が、まるで排泄物《はいせつぶつ》のように見えている。

店を滅茶苦茶にしたのは、先日見かけた鍔目当ての士族達であった。

「止めてくれっ！」

その時聞こえてきたのは、小弥太の悲鳴のような叫びであった。士族達の暴走が続いているということは、こんな事態になっても、大事な形見の品だけは渡さないでいるのに違いない。

「何で……」

真次郎はゆっくりと階段を下りた。作業場に踏み込んだ足が、潰れ広がっていたレモンプリンを踏んづけ、べちゃり、という小さな音を立てた。士族達は不意に動きを止め、シチューの水たまりの中に立ちつくした。その横ではマッシュドポテトが崩れた山を作り、汁を吸った麺麭が不気味に膨れあがっていた。

真次郎は己の顔から、血の気が引いているのが分かった。既に昨日までの努力は塵《ちり》芥《あくた》と化し、店ごと残飯屋のごとき様子であった。

（なんてこった……）

六つで親が死んだ後、真次郎は一人で外国人ばかりの不可思議な街に放り出され、震えるほど心細くても、涙を見せる相手すらいなかった。居留地では、最初ろくに言葉すら通じなかったのだ。慈悲深い宣教師の館で雑用をし、衣食住全てを恵んでもらいながら育った。だから未だに服は、古着の洋服ばかり。日本人なのに着物は一枚も持っていない。

そんな中、仕事として西洋菓子の作り方を覚えたのだ。おかげでいつか店を開くのが、心細さの塊と化していた真次郎の、希望の灯火となってくれた。その夢があったから、一人きりでも生き延びてこられた気がする。

菓子作りを通して、徐々に人の好意を感じられるようにもなってきた。居留地の中に、東京の町に、友や知り合いが少しずつ増えてきている。全て西洋菓子のおかげだ。

（なのに……）

心を込めて作った全てが、壊滅状態であった。どうして今日までの努力が寸の間の内に、犬猫も食わない塵と化してしまわなければならなかったのだ？　真次郎が濡れた床の上を、士族達の方へ一歩踏み出した。頭の中が煮えている。

「……どういうことだ、おい」

踏んだ麺麭が、くちゃりと嫌な音を立てた。崩れたのは麺麭であるはずだ。それとも、己の頭がどうかなってしまったのか……。士族達が顔を強ばらせ、身を引くようにするのが目に入る。

「おい、返事をしろ」

壊れてしまった。料理が、菓子が、夢が壊れてしまった。このままでは……。

途端！

「わぁあああああっ」

大声が口から出ていた。部屋の中の目が、真次郎に集まる。真次郎はもはや周りなど見もせず、突然部屋の隅にある食器棚に飛びついた。小引き出しを開ける。中から取りだした物を見て、驚きの声が上がった。小弥太までが、目を見開いている。

向かい蝶の透かしが入った、刀の鍔がそこにあったのだ。

「真さん、どうしてその鍔がそこに……」

「この鍔のせいだ。こいつのせいで、全部無茶苦茶になったんだっ」

わめき立てると、真次郎は鍔を持ったまま店の外に走り出ていく。顔色を変えた小弥太が、慌てて追ってきた。士族達の足音も聞こえてくる。絶叫した。

「こいつのせいだーっ」

銀座と居留地の間には、堀川が縦横に通っている。真次郎がそこへ突き進んでゆくのを見て、追いすがりつつ待ってくれと叫ぶ小弥太の声に、必死さが加わる。それに構うことなく、真次郎が鍔を持った手を堀に向かって振りかざすと、死にものぐるいの小弥太が、後ろから必死に飛びついてきた。袖を摑まれたせいで、急につんのめった。

そこへ士族達が追いついてくる。五人で揉《も》み合いとなった。

「ちくしょうっ!」

真次郎が大声を上げた。体のあちこちを引っ張られる。剝《は》がそうとし、わめく。のし掛かられる。真次郎はむちゃくちゃに暴れた。

「離せっ!」

言った途端、堀端に倒れ込んだ。大きく腕が振れて……鍔がすっ飛んでいた。

「駄目だっ!」

振り絞った声は、誰のものだったのか。鍔は主の掌から離れ、堀へと飛んでいた。水面に落ちたとき、微《かす》かな水音がしただろうか。直ぐに見えなくなった。

「ひいっ!」

息をのむ声がした。袴姿が三人、岸辺に這《は》いつくばって、堀川を凝視している。小弥太は一人、立ちすくんでいた。

「鍔が……鍔……」

真次郎は地面に転がって黙り込み、肩で息をしている。寸の間、誰も、何も、口にしない。真次郎と小弥太の目が合った。どちらからも逸《そ》らしもせず、睨《にら》み付けるように見合っている。しばし……そのまま。

その時。

「おーい、大丈夫だったかぁ？」

明け方の道を、真次郎達の方へ走ってくる者がいた。何と、巡査の制服を着ている。

若様組の小沼《こぬま》であった。

三人の士族達が、まるで見えない手に摘《つま》み上げられたようにして立ち上がり、慌てて堀端を逃げだした。店に押し入り、中を滅茶苦茶にしている。捕まればただでは済まないと、分かっているのだろう。

「ミナ、どうしたんだ。また騒ぎがあったようだと聞いて店を覗《のぞ》いたら、中が悲惨なことになってて……」

どうやら長瀬が用心して、若様組の巡査に交代で、風琴屋を見に来させていたらしい。とんと役には立たなかったが。

その時、不意に真次郎が立ち上がった。両の足を踏ん張ると、もう小弥太の方など見もせず、小沼の制服を掴み頭を下げる。

「長瀬を呼んできてくれ」

まるで病人のような、がらがら声で言う。

「他にも風琴屋に来て貰える巡査がいたら、声を掛けてみて欲しい。急いでくれ！」

小沼が踵《きびす》を返し、道を走っていった。

6

朝っぱらから風琴屋にかき集められた元若様達は、一目で大事があったと分かる悲惨な店の様子に、皆、目を丸くした。そして直ぐに、何かやれることがあれば協力すると言ってくれる。

だが。

パーティーは昼には始まる予定であったが、出せる料理も菓子も、既に風琴屋にはない。出来合いの西洋式パーティー料理を売っている店などないから、買って済ませることすら出来なかった。

皆の視線が、真次郎に集まる。

「どうする？」

園山《そのやま》が問うた時であった。長瀬が、遅れて店へ飛び込んでくる。見れば何と、沙羅を伴っていた。驚く真次郎に、長瀬が言い訳を口にする。

「この風琴屋のとんでもない事態を沙羅さんに知らせなんだら、後で文句を言われる。だから遅れて……お前さんに文句を言われるとは思ったが、連れてきたんだ」

真次郎が長瀬の腕を摑む。口を開けた。

「……ありがたい！」

このいつにない素直な一言で、二人は真次郎の余程の苦境を察したようだ。ここで一番に先のことを口にしたのは、沙羅であった。

「それで真さん、今日のパーティーはどうするの？」

もし料理を届けられないのなら、早くに居留地へ知らせをやらねばならない。代わりの料理を少しでも、あちらで用意してもらうのだ。ストーン宣教師夫妻に取っては、大事な結婚記念日のパーティーであった。明日に、来週に延期出来るものではなかった。

ただしそうなると、風琴屋開店の夢は遠のく。居留地からの予約販売すら、減るかもしれない。

「ミナ？」

真次郎が顔を上げた。そして、沙羅の方を向いた。

「沙羅さん、済まないが金子《きんす》を貸してくれないか。急ぎ買い物をせねばならないんだが、全く持ち合わせがない。多分巡査達にもない」

正直に頼むと、沙羅は可愛い縮緬の布で出来た財布を丸ごと貸してくれた。

「全部使ってもいいわ。真さんには後で、働いて返してもらうから」

「……おいミナ、大丈夫なのか？」

その言葉を聞いた長瀬が、いささか不安げに聞いてくる。真次郎は溜息をついた。

「通事の仕事だろ。小泉商会は貿易商だから」

真次郎は以前にも、沙羅の父に通訳を頼まれたことがあるのだ。最近は職人としての仕事に忙しく、やっていなかったが。

「何だ、つまらない」

「おい長瀬、何が言いたい」

「なに俺が聞きたいのは、これから何をするかってことさ。金を借りて、どうする気だ？」

真次郎が皆の顔を見る。唇を歪め、いささか恐いような笑みを浮かべる。

「これからパーティー料理を、信じられない速さで作るつもりだ。今日の昼のドンが鳴る頃までが勝負だ」

皆にはその手伝いをしてもらうつもりであった。

「俺は」

部屋中にぶちまけられた料理の残骸を見てから、決意を込めて言い放った。

「俺は諦めないから！」

その一言を聞き、長瀬がにやりと笑う。

「よっしゃ。こんな事になっても、パーティーを成功させる気なんだな。分かった！」

直ぐにやるべき仕事が書き出され、分担が決められる。

「店の掃除だな。任せろ」

「小泉商会へ使い？　ああ、欲しい品があるのね」

「鳳月堂《ほうげつどう》へ買い物に行けって？　それと卵とお酢《す》って、何に使う気だ」

「……何で西洋のパーティー料理を作るのに、鮪《まぐろ》の刺身が要《い》るんだ？」

慣れぬ事ゆえ、皆が首をかしげていると、長瀬の一言が場を仕切る。

「喋るな！　とっとと用を済ませに行け！」

その一言と共に、長瀬が見事な手際で金子を分けると、巡査達が道に散っていった。その間に沙羅が、無事だった酒瓶《さかびん》を数えている。その後、小泉商会にある缶詰、酒を持ち出して来ると、巡査一名をお供に出かけていった。

長瀬は残った二名の巡査と共に、床や台の掃除を始める。そしてこの先、店での雑事や連絡は長瀬が仕切ると言い出した。

「ミナは調理に専念しろや。お前の立つ場所くらいは、直ぐに綺麗にしてやる。出来る作業から始めてくれ」

「ありがたい。恩に着る」

真っ先に調理用ストーブの横を、立てるようにして貰った。火の入っていなかった中を確認して、真次郎が大きな声を上げる。

「助かった！　鶏が無事だ！」

ストーブで蒸し焼きにするものだとは、気がつかなかったらしい。真次郎は床に転がっただけで無事な野菜を洗い、鶏に詰める物を作り始めた。これで一品出来る。

その時、小弥太の姿が目に入った。戻ってきたらしい。鍔を失った衝撃が続いているのか、未だに呆然とした顔つきをしていた。その顔を長瀬がじろりと見たが、何も言わなかった。

小弥太からはまだ、店を騒動に巻き込んだ謝罪はなく、こちらも形見の鍔を、堀へ投げ捨てた反省は口にしていない。色々話すべきことはあったが、とてものこと、そんな暇はなかった。

時計を見れば、既に朝も早七時となっていた。残された時間が少ない！

（決戦の時だ）

ストーブに火を入れた。


「海老《えび》と蛤《はまぐり》、あったぞ」

「卵、粉、手に入った」

「鳳月堂で麺麹を買ってきましたよ」

しばし後、次々と帰ってきた面々に、真次郎は感謝の顔を向ける。その頃には店の床も、沼から陸地に戻っていた。牛乳とクリームが届く。沙羅は輸入品の荷物を抱え、人力車で店の前に乗り付けてきた。

「お酒と缶詰とベーコン、商会から持ってきたわ。ハムは駄目だった。牛酪、缶詰のものしかなかったけど、この品で大丈夫？」

真次郎はさっそく缶詰の牛酪の味をみて……顔を顰《しか》める。やはり輸入物は塩辛《しおから》いのだ。

「牛酪を作っている暇がないから、仕方がない。けど、これじゃあサンドイッチに使うのは、きついか。いや、それより段取りをどうするかだ……」

料理のことは長瀬では分からない故、戻ってきた者や手が空いた者達には、真次郎自身が何をするべきか言わなくてはならない。真次郎は店の作業場で、一寸《いっすん》動きを止めた。

目を瞑《つむ》る。そして……直ぐに指示を出し始めた。

「じゃあまず小沼さん、そこに切ってある馬鈴薯と南瓜《かぼちゃ》を、ストーブで茹でてくれ。台所に立った事がない？　大丈夫、俺が湯から上げろと言ったら、笊《ざる》の上に出せばいい」

真次郎は指示をしつつ、酢に手を伸ばした。園山と福田には、ベーコンと野菜を細切りにしてもらう。二人は元若様のくせして、何故だか包丁の扱いが得意であった。

「大鍋でベーコンを炒めてから、六分目まで湯を入れてくれ。その後に、そこの香草と野菜を入れる。あくだけはこまめに取って。煮えたら、俺が味を調えるから」

もう、骨からゆっくりと出汁《だし》を取る間はないが、ベーコンと野菜でも美味しいスープは出来る筈だ。酢に卵と油を合わせると、マヨネーズとなってゆく。小鍋で別の卵も茹でた。

「長瀬、手が空いたのか？　なら麺麭を切ってくれ。そこの箸《はし》くらいの厚さにだ。そんなに薄く切れないって？　泣き言を言うなよ。巡査は佩刀《はいとう》してる。刀は扱い慣れているだろ。包丁は同じ刃物だ」

長瀬が大工仕事のような素振りで切り始めた横で、今度は粉を量りつつ、真次郎は沙羅の方を向いた。

「福田さんと、シチューを担当してくれ」

「……シチュー？　作ったことないわよ」

「肉を止め、魚介で作る。魚介なら、肉のように長く煮込む必要がない。間に合う筈なんだ」

福田の方が料理に詳しく、二人は海老の支度にかかった。指示をしつつ、真次郎は牛酪と粉を指の先で摩《す》るように混ぜていた。もう折りパイの生地《きじ》を作る暇はない。ならばと簡単な練りパイの生地に変え、パイ型に貼り付ける。それをストーブの鶏の横、狭い場所に斜めに入れて焼いた。命令する。

「生地、頼むから皿から離れないでくれよ」

ハムの辛味パイの予定だったのを、材料があったからと、南瓜のパイに変更する。

「そろそろ南瓜と馬鈴薯、笊に上げて」

芋《いも》の具合を見ている間に、高木《たかぎ》に茹で卵を細かく潰しマヨネーズで和《あ》えてもらう。小沼が馬鈴薯の皮を剝《む》いている間に、己は南瓜を裏ごしした。途中ひょいとストーブの方を振り向くとスープの味を調え、ついでに鶏の焼き加減を確認する。長瀬が麺麭を切る包丁片手に、驚嘆の声を出した。

「ミナが、武道の達人みたいに見えてきた」

三ヵ所に同時に現れ、四つのことに対処する。馬鈴薯も卵も野菜も、真次郎の指示で見事に姿を変えてゆく。パイ生地がストーブから取り出され、スープが、サンドイッチが、皿の上に姿を現していた。剣舞のごとき食材の舞であった。

「料理作りが、格好良いなんて思えたのは、初めてだぜ。驚くじゃないか」

だが真次郎が次の指示をすると、長瀬の手が止まった。今の今、褒めていたくせに、友は一寸、真次郎の正気を疑った様子だ。

「鮪の刺身を、小鍋で……茹でろって？」

しかし。

「やれやれ、疑っている暇はないか」

皆が呆然とした目を向けてくる中、長瀬は煮え立った湯の中に刺身を投下する。じきに白っぽくなった鮪を、笊に上げた。

「粗熱を取ったらそいつを細かくほぐして、卵と同じようにしてくれ」

作業の途中で、手妻のように真次郎の手がボウルの上に現れ、鮪に塩と胡椒《こしょう》を振ってゆく。それと卵と胡瓜の薄切りとで、長瀬がサンドイッチを形成した。横で小沼がマッシュドポテトに挑戦し始める。

途中で長瀬が堂々と、つまみ食いをした。

「おお意外！　こいつは美味じゃないか」

途端に頬を緩ませ嬉しげな声を出す。だが長瀬のこの声を聞いても、隣にいた真次郎が頷かない。「どうした？」と問うと、真次郎は一寸手を止め溜息をついた。

「ストーブが、鶏で塞《ふさ》がっているんだ」

シチューの牛肉が駄目になったのだから、鳥の丸焼きが残ったのは、天の助けであった。しかし調理用のストーブは一つしかない。西洋菓子は鶏と同じく、ストーブの真ん中を使って、蒸し焼くようにする調理法のものが多かった。つまり菓子を焼く場所が足りないのだ。

「とにかく、ゼリーは作る。これで一品」

しかし今度のパーティーは、真次郎が菓子屋を開く為に、試される場なのだ。肝心の菓子が一品や二品では、どうにもならなかった。

「うーん……そうだ、麺麹があるな。パンバタプリンを作れるじゃないか」

それなら茶碗蒸しと作り方が似ているから、沙羅に作業を随分と任せられる。それに種を小分けにすれば、短時間で焼くことが出来るだろうから、鶏を焼き上げた後のストーブを有効に使えそうだ。分量書きを渡された沙羅達が、さっそく卵に向かった。

「しかしあと二品は欲しい。内一品はゼリーやプリンじゃなく、ちゃんとしたケーキが」

しかし、予定していたアイリッシュシードケーキを焼いている時はない。スコットランドショルドプレッケーキまでは、とうてい作れない。時間がない。ない！

「間に合うように作れるケーキはないのか？」

「……思い浮かばない！」

皆緊張した様子で、それでもゼリーを必死に作り続ける。その時、声がした。

「あの……手伝わせてくれませんか」

声の主は、小弥太であった。やっと心が落ち着いたのか、前掛けをしてストーブの側に来ていた。深く頭を下げてくる。

「今回の騒ぎは、私が原因です……済みませんでした」

お詫びをしたい。そして役に立ちたいと、初めて言いだしていた。

「板みたいなビスキットしか作れませんが、それでも少々経験ありです。手伝えます」

「……おうっ、そうだな。ありがとうよ」

振り向いた真次郎がビスキットとつぶやいたとき、小弥太が顔を上げた。あと二品、何を作るか決心がついたと言い、大きくにやりと笑う。

すると何故だかその笑みが、何とも人の悪そうなものになってゆく。見ていた長瀬が一歩身を後ろに引いた。その時、真次郎が盆に、粉や卵や牛酪、砂糖、牛乳を載せ、ぐいと小弥太に突きだした。

「じゃあ小弥太、ビスキットを作ってくれ。分量書きは書いてある通りだ」

シッガルビスキットと似ているが、生地は伸ばさず匙《さじ》で落として形を作る、ドロップビスキットだ。

「簡単だし早く焼ける。お前さん一人で作れ」

作業場にざわりと低い声が上がった。小弥太が声を失う横で、真次郎は鉄の平鍋を手にした。己はこれで、新作のケーキを作ってみるという。

「ワッフルスの生地で、薄いスポンジを沢山、鍋で焼いてみるよ。後でクリームと缶詰の桃を挟んで、重ねるんだ。上手《うま》くいけば、一つの大きな丸いケーキに出来るだろうさ」

ワッフルスに、泡立てたクリームを付けた物は美味しい。だからこのケーキも、美味しく出来る筈であった。そこに必死の声がした。

「待って……待って下さい。私は先にビスキットを失敗してます。一人では無理ですよ」

「大丈夫だよ、小弥太。今から必殺技を教えてやる。だからお前さんのビスキットは、堅くはならない。上手く焼けるさ」

「おい、菓子作りに必殺技なんて、あるのか？」

長瀬の呆然とした声がする。

「はっきり言えば、邪道とも言うな。こんな変な作り方をする奴、俺は見たことない。人には言うなよ」

そう言うと、ボウルを引き寄せた真次郎は、手早く粉を量った後、中に少しばかりの曹達《ソーダ》を加えた。そして作り方を指示する。

「ビスキットはまず、牛酪に砂糖、卵の順で混ぜあわせるだろう？　その時にな、種をすり混ぜるんじゃなく、泡立てるようにして十分空気を入れるんだ。ふわふわにしろ」

　とにかくケーキ生地のように、攪拌《かくはん》するのが決め手らしい。下手をすれば分離する危ないやり方であった。だがそこが上手くいけば、匙で落として作るビスキットは、まず堅くはならない。

　そう言うと真次郎は、後は小弥太に任せ己の新作に気を集中した。こっちが勝負の品となるのだ。

（初めて作るケーキ。巧《うま》くいくだろうか）

　二人が一斉に、作業に取りかかった。

7

　ざりざりざりざりざり……。小弥太は必死に牛酪と砂糖を混ぜている。卵も加える。しかしその種がどうしたらふわふわになるのか、理解の外《ほか》だという顔付きのままであった。

　そして真次郎も、眉間に皺を寄せている。ワッフルスと同じとは言っても、鍋で焼いて大きなケーキを作ったことはない。とにかく分量を必死に計量した。

「砂糖百匁《もんめ》、水飴《みずあめ》七匁、卵三個、粉百十匁、牛乳三勺《じゃく》、曹達茶さじ半分……」

小弥太に偉そうな事を言ったものの、己の方とてケーキが美味しく出来るか否かは、神様しか知らない状態であった。とにかく砂糖と卵をすり混ぜにかかる。

ここで時計を見た沙羅が、声を上げた。

「そろそろ昼が近いわ。真さん、居留地に運ぶために、料理を大皿に盛らないと」

「入れられるものは、重箱に詰めてくれ。皿だと、こぼすぞ。シチューやスープは鍋のまま持っていく」

「荷車でゆっくり運んでゆく間はないな。人力車を二台呼ぼう」

手の空いた長瀬が道に飛び出してゆく。真次郎がケーキを丸く焼き始めた。鍋を見つつ叫ぶ。

「鶏、もう大丈夫だ。小沼さん、出して」

「パンバタプリンを、ストーブに入れます」

さすがに鶏は重箱に入らず、皿に盛られる。プリンが焼けたら、直ぐにビスキットを入れなくてはならない。小弥太の顔が引きつっている。

「小弥太、ビスキットは同じ大きさに落とせよ。でないと、焼ける速さが違ってくる」

「分かった」

直ぐに薄いケーキが六枚焼き上がる。冷ます間に、缶詰を開け桃も薄く切る。ボウルでクリームを泡立て、砂糖で甘くする。バニラが落とされ、甘い香りが部屋に広がった。

「プリン、出します。ビスキット、入ります」

小弥太が隅にしゃがみ込んだ。

「焼き上がるまで気を抜くな！」

真次郎に怒鳴られて、飛び上がっている。

「人力車が捕まったよ」

表から声が掛かった。まずは鶏料理や、サンドイッチの入った重箱が運ばれてゆく。熱いパンバタプリンに触れぬよう、笊で覆って持ってゆく。シチューは鍋ごと運ぶ。

「沙羅さん、先に用意できた料理を、宣教師館へ持って行ってくれ。道は分かるだろう？」

「俺が荷物持ちについてゆく」

長瀬が一台目の人力車に乗り込んだ。直ぐに出る。

「ビスキットは、そろそろ焼けるかも……」

「小弥太、未だ出しては駄目だ！」

びしりと止めつつ、真次郎は薄いケーキとクリームを重ねてゆく。載せている皿の方をまわすと、クリームが綺麗に丸く形を作った。

「……よし、もういい。ビスキットを出せ。小弥太、餅網《もちあみ》の上でちゃんと冷ませよ」

「ミナ、そろそろ行かないと……」

「分かってる。先に菓子を人力車に載せてくれ」

小沼が別の重箱に、餅網ごとビスキットを入れた。ゼリーが二台目の人力車へと運ばれる。一旦奥へと行った真次郎が、コートと切った桃、それにケーキが置かれた皿を手に取ると、表へ出て行く。小弥太も重箱を抱え横に乗った。若様組の面々が店から出てくる。

「やることはやった。さあ、行ってこい」

見送りもそこそこに、人力車は居留地へ走りだした。真次郎は揺れる人力車の上で、桃をケーキに飾り付けるという離れ技を、やってのけたのだった。

宣教師館は、居留地の洋館の中では、取り立てて豪華な建物ではない。

それでも上げ下げ窓に、下見板張りの洋館だ。見慣れていない小弥太の目には、豪華なお屋敷と映ったようであった。

おまけに今日は、ストーン宣教師夫妻の結婚記念日のパーティーだから、中は花で溢《あふ》れている。そんな日を、わざわざ祝うという感覚のない元江戸っ子には、それがいささか奇異に映ったようだ。庭と一続きの客間に燭台《しょくだい》と一緒に置かれた料理は、一見大層豪華に見えた。

巡査達は帰ったが、宣教師夫妻の知り合いである真次郎と長瀬や沙羅、そして初めて見る西洋式パーティーに興味津々《しんしん》な様子の小弥太は、許されて宣教師館に残った。小泉商会の酒が注がれ、パーティーがはじまる。鶏の丸焼きを、ストーン氏が切り分けた。あっさりとしたシチューが器に盛られた。

南瓜のパイやゼリーは、口に合っただろうか。プリンはうまくいった筈だ。しかし、ビスキットは心配であった。一つ味見したそれは、いい味だったが……。

いささか強ばった笑みと共に、真次郎は会の様子に目を配る。桃のクリームケーキと勝手に名付けた菓子が切られた。

「食べたことのない味だ。ミナ、これもジャンに習ったのかね？」

「いいえ、ストーン宣教師。これは……自分で考えたんです」

何度もパーティー料理は作ってきた筈なのに、今日ばかりは大層緊張していた。

(誰も味について話していない。どうなんだろう？　美味しかったかな？　ケーキは？)

ふと、顔を上げる。

見れば客達がさりげなく、一ヵ所に集まっているではないか。するとまだパーティーは始まったばかりだというのに、突然改まった感じの声がした。

「ミナ、ちょっと来なさい」

話し出したのはストーン宣教師であった。

(あ、西洋菓子の合否が告げられるんだ)

客達の視線が真次郎に集まっていた。こんなに早く結論が出されると思っていなかったので、体が強ばる。真次郎を見つめてきている。長瀬は一見落ち着いている。沙羅は心配げな様子であった。

小弥太がじっと、真次郎を見つめてきていた。

「ミナ、私たちは結論を出しました」

それで……それで？　ストーン氏が片眉を上げた。

「ミナ、今回の料理や菓子は、前にパーク夫人に出したリストの品とは、違っているとか」

そのことが引っかかったのだろうか。やはり、やり直しは利かなかったのか。

「しかし新しいケーキなど、大層目新しかったです。あれは美味しかった」

よって。

「我々はあなたの新しい店に、いささかの協力と投資をさせてもらうことになりました。この料理と菓子の素晴らしさ故に」

結婚記念の思い出にもなると言って、ウインクしたストーン氏の隣で夫人が笑っている。長瀬が、横に立つ沙羅や小弥太に言った。

「合格なんだな」

「ええ、そうみたい」

真次郎は、皆をまじまじと見つめる。

（本当に……合格なんだ）

ふっと体が軽くなった。今朝は一時、もう駄目だとも思った。なのに今、足が地面に着いていない気持ちになっている。ただ嬉しい。大声を出したい位に嬉しい。

なのに気が付いたら、泣き出しそうになっていた。

真次郎は慌てて、育ての親たるストーン宣教師の腕に顔を沈めた。そんな情けない顔を、沙羅や長瀬には見せたくなかったのだ。

なんというか……凄く気恥ずかしかった。

「本当に良かったです。パーティーが成功しなかったら、謝っても済まないところでした」

小弥太が心底ほっとしたように言う。パーティーは終わり、夕刻四人は堀沿いの道を、ゆっくりと風琴屋へ向かい歩いていた。

「ところで、今日のパーティーの後には、一つ謎が残ったわね」

沙羅が笑いながら言う。小弥太が一人首を傾げた。

「えっ、何か謎かけがありましたっけ?」

「桃のワッフルスケーキの味よ。真さん、自分で、一切れも食べてなかったでしょ」

「好評に付き品切れだった。嬉しかったね」

真次郎は明るく笑った。今回の礼として、近々あの菓子を作って、若様組や沙羅たちに食べてもらうと言う。三人の顔に笑みが浮かんだ。ここで小弥太が思い出したように言う。

「そう言えば、私の作ったビスキットも、ちゃんと食べていただけたようです」

大層嬉しかったという。何だか、また菓子を作ってみたいと言いだしていた。今回の大騒動のおかげで、菓子作りに興味が出てきたというのだ。真次郎が笑う。

「ああ、そうだな。今更若様なんぞ探すよりも、新しい仕事を見つけた方が前向きだわさ」

だが、と言い、ここで真次郎が不意に堀端で立ち止まった。

「こいつはやはり、小弥太に返しておかなきゃなるまいて」

大事な品だからなと言って、コートのポケットから、何かの包みを取り出す。中身を出して見せたとき、皆の目が丸くなった。

「……向かい蝶の透かし入り鍔！　え？　無事だったんですか！」

小弥太が歩み寄る。だが手を伸ばした途端、真次郎が鍔を、ぱきりと二つに割ってしまった。

「ひえっ！」

小弥太が叫び声をあげる。すると！

皆の目の前に、真次郎がまた新たな鍔を差し出したのだ。手の中に幾つも持っていた。

三人が一人ずつ鍔を手に取った。途端、甘い匂いが鼻をくすぐる。沙羅が鍔に齧《かじ》り付いた。直ぐに笑い声が立つ。

「匂いはいいけど、堅いっ。これ何？」

「小弥太が、前に作った種で焼いたビスキット。あまり食べるなよ、歯が折れるぞ」

「えっ？　これ……鋼《はがね》の色をしてますが」

小弥太が鍔に見入っている。隣で長瀬がぺろりと鍔を嘗《な》めた。

「この甘さ！」

長瀬が事情を得心したらしく、頷いた。

「ビスキットにチヨコレイトを入れてあるんだな。表面に塗ってもあるみたいだ。そうか、それで鍔みたいに暗い茶色なんだ」

士族達への対処に困った、真次郎の策略であった。小弥太は鍔を手放せない。形見の品は大事だから、無理に捨てろとは言えない。しかし、このままでは士族らに店が狙《ねら》われ続ける。

「それで偽物を作って堀に捨てたのか。騒動を終わらせる為に、一芝居を打ったんだな」

「……？」

「本物の鍔は、元の場所にあるはずだ」

真次郎の言葉に、小弥太が呆然とする。

「……こういう仕掛けをしたなら、何で今まで教えてくれなかったんです？　祖父の鍔を失ったんだと、落ち込みました」

「鍔のせいで色々壊されたから。小弥太への嫌がらせだ」

ぺろりと舌を出す真次郎を見て、小弥太が顔を赤くする。横を向くと、沙羅に尋ねた。

「こんな人が、『寂しがり屋でお人好し』ですか？　随分と違うような気がしますが」

「何言ってんだ、小弥太。忙しい中でも、こんな妙な品を作って、鍔を守ってくれたんじゃないか。馬鹿やってるなあとは思うがね」

返事をしたのは長瀬で、苦笑している。

「全く、甘いよなぁ。いけてるよ」

小弥太はふてたような顔で、黙ってチヨコレイトを嘗めている。真次郎はにやっと笑うとコートを翻し、堀端を弾むように歩いてゆく。まだ体が軽い。ひょいと小弥太を見た。

「お前さんの知り合いの士族達も、早く何かを見つけて、江戸を思い出に出来たらいいのにな」

ぽつりと言ったら小弥太が顔を上げ、ビスキットを握りしめる。

時代の波は、まだ若い真次郎にとってさえ、時に大嵐かと思えるほど、大きく押寄せてくる。誰も彼もが、無事でいられる訳ではないだろう。時を味方に成り上がった沙羅の父などは、例外の一人なのだ。

だから今も、江戸を懐かしむ者がいるのは分かる。まだ武士の世が消えてから、二十年と少ししか経っていないのだ。

(俺の父とて武士だった。だからその気持ちは身に染みて分かるさ)

よって士族達にあれだけのことをされても、真次郎には不思議と怒りは残ってはいなかった。だが……それでも。

「万一、若様が見つかったって、江戸も藩も、安定した暮らしも、戻っちゃこないよ」

どんなに願っても、時は後戻りしてくれないのだから。腹をくくって、このくたびれる世を先に進むしかないのだろうと、本音《ほんね》を言ってみる。小弥太は口を引き結んで、黙ったままであった。長瀬は横で皮肉っぽく笑いつつ、その言葉を聞いている。

その時、沙羅が道の先を指さした。

「見て真さん。皆が待っているわ」

目をやると風琴屋の方角に、なじみの巡査達が顔を揃えていた。真次郎の勝負、結果が気に掛かって来たのだろうと思う。

「おう、皆、心配してくれてるんだ」

今朝方、大騒ぎをして菓子や料理を作っていたことが、今はまるで十日も前の事のように感じられる。

真次郎は大声を出し大事な仲間に手を振ると、手で頭の上に大きく丸を作った。

柚木麻子

3時の
アッコちゃん

EPISODE

柚木麻子（ゆずき・あさこ）

2008年、「フォーゲットミー、ノットブルー」でオール讀物新人賞を受賞。その受賞作を含む連作短編集『終点のあの子』を2010年に刊行してから、精力的な創作活動を続けている。女性たちの複雑な人間関係や感情を描くのが特徴的。『あまからカルテット』、『ランチのアッコちゃん』、『BUTTER』、『その手をにぎりたい』のような食事やお酒に視線を向けた作品もある。2015年、『ナイルパーチの女子会』で山本周五郎賞を受賞した。

ソーダ味のアイスキャンディーの最後のひとかけをかじりとると、前歯の付け根から頭のてっぺんにかけてぴりりと白い稲妻が走った。もしかすると、虫歯があるのかもしれないが、治しに行く時間もお金もありはしない。視界がチカチカして目を閉じたせいで、だらしなく腰かけているレジ台の前に客が立ったことに、澤田三智子《さわだみちこ》はしばらく気付かなかった。ずっと店内をうろつき本をめくっては棚に戻す、を繰り返していた背の高い女がようやく購入する商品を決めたらしい。骨っぽい大きな手で目の前に本のタワーが積み上げられる。「風にのってきたメアリー・ポピンズ」「クマのプーさん」「パディントンのクリスマス」「ライオンと魔女」「不思議の国のアリス」……。状態が良い割りにはリーズナブルなことで定評のある児童書専門の古本店とはいえ、この人は随分たくさん買い込むなあ――。そういえば、幼い頃によく読んだイギリスの児童小説ばかりである。どれもお茶のシーンが多いんだよな、と三智子は視線を本の背表紙からその客へと移す。おかっぱ頭の下でぎろりと光る黒目がちの目にぶつかり、悲鳴を飲み込んだ。

「はずれ」

約半年ぶりに再会したかつての上司、アッコさんこと黒川敦子《くろかわあつこ》さんはこちらが何か言うのを封じるように言い放つと、三智子が食べ終わったばかりのアイスキャンディーの棒を取り上げた。言われてみれば木片には何も書かれていない。アイスキャンディーに限らず、これまでの人生で三智子は「アタリ」を出したことがなかった。定規で切りそろえたかのような前髪と開衿シャツを汗で額と胸元に張り付かせ、アッコさんは勝ち誇ったようにこちらを見下ろしている。

「店番している時くらい、飲食は我慢しなさい。まったく、意地汚いのねえ」

彼女のがっちりした肩越しに覗く出入り口からは真夏の靖国通りが見え、黒々と輝くアスファルトが日光を跳ね返している。街路樹で猛る蟬の鳴き声が再び聞こえてきた。

「アッコさん……」

三智子はしばらくの間、どんな言葉も発することが出来なかった。この人って本当に人間なのかな。例えば、メアリー・ポピンズみたいな一種の妖精なんじゃないのかな。この半年、メールをしてもほとんど返信してもらえず、たまに連絡がついてもそっけなく、寂しい思いを嚙み締めていた。何も出来ない自分に絶望し、慌ただしい日常に飲み込まれることにようやく慣れた頃になって、なんだってひょっこりと姿を現すんだろう？　いまさら遅い、と泣きたいような気持ちだった。アッコさんは手近にあった低い脚立を引き寄せるとその上に腰を下ろし、三智子と視線の高さを合わせた。

「女の子は体を冷やしちゃだめって親から教わらなかったの？　暑い時に冷たいものばっかり食べるとよくないわよ。余計疲れて、集中力が下がるわ。今がよくても九月になった時にがくっと疲れが出るわよ。あなただってもう二十五歳なんだから」

以前と少しも変わらないアッコさんの怒濤のお説教が、今の三智子にはこたえた。ずっと会いたかった人が目の前にいるというのに、沈んでいくような疲労感と恨めしさしかない。このところ、夜になってもうだるような暑さが続き寝付けないため、日中はあくびばかりしている。店内には古い扇風機が一つあるきりで、どんなに頼んでも隆一郎《りゅういちろう》は「エコじゃないよね」の一点ばりでクーラーを取り付けてくれないのだ。

アッコさんが長財布を手にしているのに気付いて、三智子は慌てて本を紙袋にまとめて金額を告げた。

「領収書お願い。宛て名は『株式会社　東京ポトフ&スムージー』で」

「あれっ、東京ポトフってスムージー屋さんと合併したんですか？　あ、そういえば、コニーさんってもとはスムージー屋さんでしたよね」

「ポトフの方は今お休みしてるの。暑くなるとさっぱり儲からないんだもの。せっかく従業員を五人も雇って、ワゴンの台数も増やしたっていうのに誤算だったわ。しかも、こう熱帯夜が続くと、明け方近くになっても蒸し暑くて温かいスープなんて誰も飲まないのよ。本当はこういう季節ほど熱いものをとって、汗をかくべきなんだけどねえ」

アッコさんはふてくされたように言い放つと、三智子が書き上げた領収書をひったくり、扇子を取り出してぱたぱたと胸元を扇いだ。あまりにもあっさりと負けを認めるアッコさんに、三智子はショックを受ける。アッコさんというのは失敗などあってはならない絶対的正義で、いつなん時でも三智子の道しるべでなくてはいけないのに。だからこそ、将来は彼女の右腕として「東京ポトフ」で働きたいと一途に夢みていたのに。

「夏の間はコニーにスムージー屋台を頑張ってもらいながら、私は私で次の手を考えるしかなさそうなのよねえ。で、見聞を広めるために、ここ一ヶ月はイギリスを旅行していたのよ。たくさん知り合いが出来たわ。今はこんな仕事を副業で始めているの」

差し出された名刺にはなにやらごちゃごちゃと複数の肩書きが書かれていて、ちょっとばかりうさんくさい。その中に「企業コンサルタント」「プロモーター」「空間プロデューサー」の文字を見つけることが出来た。フランスの次はイギリス……。アッコさんて計画的に見えて、案外行きあたりばったりで気ままに生きているのかもしれない。三智子は自分だけがとてつもなく損をしている気になった。誰もが周囲の迷惑おかまいなしに突き進んでいくのに、自分はといえば、相変わらず命令されて同じ場所をぐるぐる走り回るばかり。とはいえ、何をやりたいかと問われても、口ごもるしかないのだけれど。

「それにしても、客が入ってきてもいらっしゃいませも言わない。調べものがどれだけ忙しいか知らないけど、パソコンから顔を上げようともしないじゃない。そんなんじゃ古書店の妻は務まらないわよ」

三智子がにらめっこをしていたノートパソコンをアッコさんはぐいっと覗き込む。社外秘の資料を開いていたため、慌ててパソコンを閉じた。

「やめてくださいよ……。妻だなんて。今日は会社が休みだからたまたま店番しているだけです。私たち、そういうんじゃないんですから。このお店だっていつまで続くかわからないし」

同棲相手にしてこの「ハティフナット」の店主、笹山《ささやま》隆一郎から絵本作家を目指したい、と打ち明けられたのは二週間前のことだ。昨年末に小さい出版社の無名な児童文学賞の佳作を受賞しただけなのに、隆一郎はすっかりその気になっていて、いざとなれば店を他の誰かに任せ、執筆に専念したいなどと言っている。彼の夢に反対したいわけではないが、自分一人が置き去りにされたようで、なんだか腹立たしかった。

「それにしても、笹山くんは？」

「お昼に出てます。『いもや』で天丼でも食べてるんじゃないですか。節約しろしろって言うクセに、自分には甘いんだから……」

このところ会社が忙しいせいか、一度も就職せずマイペースに自由業を営んできた彼のひょうひょうとした言動に苛立ってしまうのだ。交際がスタートして約二年。プロポーズらしい言葉はもらっていない。続けていくにせよ、確かな手応えや保証が欲しいと思う自分は計算高い女なのだろうか。

「あなた、今もまだ高潮《たかしお》物産にいるんだったかしら？」

「ええ、五月の昇進試験で派遣から契約社員に昇格しました。今は宣伝部広報課にいます。でも、ただの雑用です。毎日毎日、やることがたくさんあって……」

ため息まじりに言い、三智子は徒労に終わったこの数週間を思い返した。山川《やまかわ》部長率いる四人の先輩社員らに頼まれるがまま、会議の議事録を作ったり、サンプルを集めたり、リサーチに駆け回るうちに終業時間になってしまう。自分の仕事にまでとても手が回らず、家に持ち帰って睡眠を削る毎日だ。

「フランスで人気の『ジョゼフ』のミニボトルシャンパンが日本に初上陸するんです。375mlで1400円。十二月のクリスマスシーズンを見据えたシャンパンの販促会議が連日開かれているんですけど、決まりかけた案が先週になってぽしゃっちゃって……」

都内有名外資系ホテルで開催されるカップル限定の販促イベントには、若い女性にカリスマ的人気を誇る、野球選手の妻にしてモデルのMIKAKOをゲストとすることで企画は半ば決定していた。しかし、ライバル社がジョゼフよりも早く同サイズのスパークリングワインを売り出すにあたって、そっくりの販促案を出し、似たような既婚のモデルを起用したドラマ仕立てのCMを制作することを発表。自分たちのプランがどこかから漏れたのかと宣伝チームは疑心暗鬼に陥っている。

「代替案を早く出さなきゃいけないんですけど、会議をやってもやっても何も決まらない。チームの皆さんからも意見が出なくてまとまらないんです」

「ねえ、そのチームにおけるあなたの役割はなんなの？」

「なにって……。本当にただの雑用ですよ。会議室を押さえて、声がけして、進行役して、議事録を作って、つまむお菓子を用意して、お茶を配って……」

「すごいじゃないの」

意外な反応が返ってきた。アッコさんは額から流れる汗もそのままに、大真面目に三智子を覗き込んでいる。

「え、ただのお茶汲みですよ。お茶汲み。って言っても紙コップに市販のアイスコーヒーを注ぐだけですけど。今時、こんな仕事させられている契約社員なんて、社内で私くらいですよ」

「ねえ、利休は何故、秀吉に殺されたと思う？」

唐突な切り返しに、三智子は面食らった。

「時の権力者にお茶を振る舞うことで、権力者よりも優位に立ち、政治を意のままに操ることが出来たからよ。お茶を用意することは、場の主導権を握ることなの。話は変わるけどイギリス人は政治に強く、会議が上手いと言われているわ。それはね、どんなに忙しくても三時のお茶を欠かさないからなんだと私は思っているの」

「お、お茶？」

話が予想外の方向に流れていって、三智子はあっけにとられた。

「戦争があろうと、裁判があろうと、三時になればすべてを中止して、ティータイムにするのよ。Everything starts with tea っていうことわざ聞いたことある?」

「いいえ……」

「すべてはお茶とともに始まる、よ。あなたの仕事は雑用なんかじゃないわ。頭の使い方次第では、会議を牛耳れる。会社の舵取りが出来る。なんたって、お茶を用意する係なんですもの。それに今ならチャンスじゃない。進行役なら立場を利用してどんどん企画を出しなさいよ。『雲と木社』にいたときみたいに拙《つたな》くてもいいから、すぐ形にして直属の上司にプレゼンするの」

両手を大きく動かしながら、こちらの頭にくらいついてきそうな勢いのアッコさんに、三智子は後ずさりしたくなる。

一年前まで働いていた、教材専門の出版社・雲と木社の上司だったアッコさんとは、会社が倒産し、三智子が高潮物産に派遣されてからも、彼女が友達のコニーさんと始めたポトフの屋台を手伝わされたりして、師弟関係が続いている。身勝手で高圧的なアッコさんだが、ランチタイムの過ごし方やスキルアップのコツを授けてくれたり、隆一郎との仲を橋渡ししてくれたりと、感謝すればきりがない、人生の恩人なのだ。

とはいえ、もはやアッコさんと三智子は住む世界が違いすぎる。こちらでは誰も契約社員の言うことになど耳を貸さない。でも、そんなことを今口にしようものなら百倍にして言い返されるだろう。だいたいお茶なんかで職場で優位に立てるのなら「お茶汲みOL」が死語になるものか。

「そんな図々しい真似出来ません。部長や少数精鋭の宣伝部広報課のお手伝いってだけで、あたしにはもったいないくらいのポジションなんですから……」

山川部長――。ぐいぐいとみんなを引っ張っていく統率力、迷いのない明晰な発言、ゴルフ焼けした引き締まった上半身。あの半分でいいから隆一郎にもパワフルさがあればいいのにと、三智子はぼんやりと思う。

「ふん。なにが少数精鋭よ。優秀なチームなら、もうとっくに企画が動き出してるわよ。だいたい、そんな誰でも思いつきそうなプラン、他社とかぶって当たり前じゃない。その部長、発想が古すぎるわよ。会議のやり方からして、間違っているんじゃないの？」

憧れの上司や先輩たちがあっさりとこきおろされ、さすがにむっとしてしまう。

「だいたいこんな猛暑にクリスマスの企画なんて考えられるわけないんですよ」

そう言ってうつろな視線を通りに向けていたら、額に強い痛みが走った。なんとアッコさんはデコピンを放ったらしい。

「なに甘えたこと言ってるの。すべてのビジネスの基本は想像力じゃないの。想像力を働かせれば、クリスマスにシャンパンを買わせるくらいたやすいことよ。人は何にお金を払うか？　それは想像力とプロの手間とサプライズになのよ」

「私のような凡人がアッコさんみたいにぽんぽんアイデア出せるわけないですよ」

「まったく口ごたえばっかりねえ。あなた、想像力ってすごく特殊な才能みたいなもんだと思ってるんでしょう。誰だって持ってるものなの。使うか使わないかの差。例えば、あなた小さい頃、ここに並んでいるのみたいな外国の本をよく読んだでしょ。ミンスパイやらコマドリやらニワトコやら、耳慣れない言葉が出て来るとひっかかって読みたくなくなった？　そんなことないでしょ。ちゃんと想像力をフル活用してここじゃないどこかを思い浮かべてみせたでしょ。それよ」

どきりとして、アッコさんの選んだ本のラインナップに目を落とす。幼い頃、図書館と図書室で繰り返し借りて読んだそれらは確かに、三智子に行ったことのない国の匂いや空気、食べたことのない料理の味をまざまざと感じさせてくれたのだ。あの頃はまだ見ぬ世界に思いを馳せることが少しも面倒でも恐ろしくもなく、むしろ楽しかったっけ。

「そうだわ。いいこと思いついた！　週明けから五日間、あなたの会社に通い、会議に出すアフタヌーンティーを用意するわ。本場イギリス仕込みのお給仕をしてあげる」

「アッコさんが？　高潮物産に来る!?　ちょっと待ってくださいよ！　困ります。絶対来ないでください！」

首から上の血が引き、椅子から転げ落ちそうになったが、アッコさんは意気軒昂と脚立から立ち上がり、さっと紙袋を手にした。

「イギリスでは普通のことよ。企業がティーサービスのプロを雇うのは。私、この習慣は是非、会議ベタな日本の大企業にも定着させたいと思っているの。なにしろ、紅茶の持つテアニンは緊張を和らげ、ディスカッションを円滑にする力があるんだから。ほら、名刺をご覧なさいよ。イギリスにいる間、優秀な執事の指導の下《もと》、お菓子作りと給仕の勉強をしていたの」

複数の肩書きの中に「ティープロフェッショナル」の文字を見つけて、三智子は肩を落とした。ここはイギリスじゃないのに……。アッコさんが来たらどんな騒ぎになるんだろう。

「毎日必ず三時に会議のメンバーを集めるのよ。会議室を押さえておいて。毎回三十分でいいわ」

「え、たった三十分？」

「話し合いは何時間もだらだらやるより、短期決戦を数回重ねた方が効果があるのよ。出張代金はあなたが普段、お茶やお菓子にかける予算をそのまま貰えればいいわ。材料費にしかならないけど、もちろん、ボランティアじゃないのよ。私は自分を企業に売り込むチャンスと前向きにとらえているの」

以前は魔法の羽を手にしたごとくどこまでも飛んでいける気がしたアッコさんのサプライズ提案が、今の三智子には重荷でしかなかった。せっかく契約社員になったのに、奇異の目で見られたくない。気付くとアッコさんは店から消えていて、さっきまでのやりとりが白昼夢のように思われる。アッコさんと入れ違いに入ってきた隆一郎は、のんきに天丼の油で唇を光らせていて、三智子は聞こえよがしにため息をついた。

月曜日

「誰だよ、あんなおっかないおばさん呼んだの!?」

企業向けのティーサービスを雇ったと三智子がしどろもどろに説明するより早く、真っ先に眉をひそめたのは入社七年目の木村省吾《きむらしょうご》さんである。雪だるまを思わせる、丸いお腹と盛り上がった胸につなぎ目なくぽんとのっかった丸顔は不満ではち切れそうだ。食の専門知識は誰よりも豊富だが、お昼に大食いすることで有名で、そのため午後はいつも眠そうである。会議中はすぐにうたた寝するため、進行役の三智子は注意出来ずにやきもきしてしまう。

首からくるぶし、手首までもすっぽり覆われた黒いワンピース姿のアッコさんが、入館証をぶらさげて巨大な籐のバスケットを手に受付で待ち構えているのを見た時は泣きそうになった。朝一番の一斉送信メールで案内したにもかかわらず、三時を少し過ぎてからようやく会議室にぽつぽつと集まった四人の先輩と山川部長は、レースをあしらった白いエプロンと帽子を身につけた長身の中年女性を目にするなり、戸惑ったようにじろじろと見た。折りたたみ式の長テーブルはぱりっと糊付けされたクロスで覆われ、ティーポットとティーストレーナー、ミルク壺に砂糖壺、人数分のティーカップとソーサー、ケーキ皿、鈍く輝くスプーン、ナプキンなどが整然と並べられている。「不思議の国のアリス」の帽子屋のお茶会そのものといった現実離れした光景に、三智子は自分がヘマをやったごとく恥ずかしくなる。テーブルの一番隅でパソコンを立ち上げ、デスクトップの議事録から目を逸らすまいとした。

「どうせメイドさんならさあ、もっと若くて可愛い萌えキャラにしてくれればいいのに」

「出張ティーサービスなんて、たかが会議に贅沢すぎるよ。ただでさえ宣伝費カットされてイタいのに。いつものように紙コップのアイスコーヒーとコンビニスナックで十分だよ」

書類で口元を隠し、一重の吊り目をいっそう鋭くしているのは、木村さんの同期の二階堂早苗《にかいどうさなえ》さんである。三智子が小さな声で、予算内で済ませていますが……と説明したがまるで聞こえていないようだ。会議中はほとんど発言せず、なにやらパソコンばかり見つめているのに、普段はぽんぽんと愉快な毒舌やアイデアが口をついて出るというタイプで、三智子は歯がゆくてたまらない。第二子が生まれたばかりでいつも早く帰ってしまう入社十年目の庄野雪子《しょうのゆきこ》さんは、何を考えているのかわからない上品さで微笑むばかりだ。二年前、意表を突いたプロモーションで、台湾製の袋入りラーメンを中高生中心にヒットさせた、八年目の青島礼司《あおしまれいじ》さんは細面の顔をうつむかせ、俺には何も聞いてくれるな、といった風情である。

ケーキ皿にはかっきりとした二等辺三角形にぽつぽつと穴の開いたショートブレッ

ドが二枚載せられている。本格的アフタヌーンティーと聞いていたので、てっきり三段重ねの皿にきらびやかなケーキやスコーンを思い浮かべていた。失望すると同時にそう大げさなことにはならず、ほっとしてもいる。

「まあ、いいじゃないか。澤田くん、面白い試みだね。ありがとう」

テーブルを取り巻く困惑の面持ちを取りなしてくれたのは、いつものように山川部長だった。予算や時間をかけることに彼だけは抵抗がない。くしゃっとした笑顔が精悍な顔立ちを幼くして、三智子は一同を見回す余裕をなんとか取り戻す。

「ええと、今週中にジョゼフ販促イベントの概要を決め直さなくてはいけません。モデル路線をやめて、MIKAKOに替わるイメージキャラクターを決めるか、それとも、有名ホテルでのカップル限定トークショーというあり方から見直していくかどうか……。今日は一度すべてを白紙にします。ブレインストーミングとして皆さんのご意見を自由にお聞かせください」

こちらがおずおずと話し始めたのを合図に、アッコさんは小鳥と蔦模様が可愛らしいティーポットを手にテーブルを回り、それぞれにお茶を注ぎ始めた。

大きなティーポットの口から紅茶が琥珀色に輝くリボンになって、こここ、というかすかな音とともにカップへと注がれる。思わず引き込まれるような香り高い湯気がそれぞれの頬をふうわりと覆った。アッコさんの動作には一切の無駄がなく流れるようだが、こちらが気後れするようなお高くとまった調子はない。唇はぴしりと結ばれポーカーフェイスであるにもかかわらず、こざっぱりと感じがいいのだ。いつもの厳しい雰囲気は消え、気軽におかわりを頼めるような頼りがいと細やかさを漂わせていた。

「こう暑い時に、どうして熱いお茶なんて飲まなきゃいけないんだよ」

不機嫌そうに吐き捨てティーカップに口をつけた木村さんが、すぐにおや、という表情を浮かべた。庄野さんの色白の顔がたちまちほころび、ほんのりとピンク色に染まる。

「あ、美味しい……。アールグレイね。すごく丁寧に淹れてるのがわかるわ」

最後に注がれた三智子も、一口飲んで目を見張った。ティーカップを傾けるなり、柑橘系の温かい風が喉から鼻を走り抜けていったのだ。ずっと頭に詰まっていた栓がポンと音を立てて抜けたようである。自分の体が会社の強い冷房に慣らされ、芯まで冷えきって縮こまっていたことに今、初めて気が付いた。しばらくの間は、うっとりとベルガモットの熱い海を漂っているような気分だった。お茶に酔うとはこういうことか。ふと視線を落としたら、ティーソーサーの中央に小さく畳まれたメモが載っている。首を傾げながら、周囲に気付かれないようにかさこそと広げ、三智子はぎょっとする。そこに書かれた文字は明らかにアッコさんのものだった。いや、こんなことが私に言えるわけない――。救いを求め、もはや壁と一体化しているかのように気配を消したアッコさんに目を向けたが、視線を合わせてくれない。二階堂さんが珍しく、感心したように言った。

「このところ、お茶といえばペットボトルの冷たいやつばっかりだったもんねえ。あぁ、いい香り。あ、このショートブレッドあったかい。もしかして焼きたて？」

彼女の指摘通り、ショートブレッドはほんのりと温かかった。さくりと歯を立てるなり一瞬にして粉状になった、バターたっぷりの香ばしい嵐が舌の上でダンスを踊る。しばらくの間、室内はさくさくという心地よい音で満ち溢れた。アッコさんが設定したのか、この部屋の冷房の風はそう強くないのに、何故だか暑苦しいとは感じなかった。

「まあ、他社とかぶったのは、うちの企画がありがちだったからかもしれないなあ」

青島さんが紅茶を飲みながら言い、すぐにしまったというふうに口をつぐむ。山川部長はにこにこと彼に向かってうなずいているが、その目が笑っていないことに三智子はぞくりとした。部長は笑みを崩さずに口を開いた。

「でも、クリスマスはカップルのためのものだろう？　MIKAKOのように男の理想であり、女性のお手本となるようなイメージキャラクター。デートスポットとして最適な、巨大クリスマスツリーのそびえるホテルのラウンジ。シャンパンを魅力的に見せるには欠かせない要素ばかりだよ。練り直すにせよ、路線はそのままでいいんじゃないかな」

その時だった。意外にも、庄野さんが遠慮しいしい割って入ってきたのは。

「でも、ホテルでシャンパンを飲もうとするようなカップルが今どれだけいるか……。若い人は出不精で、イベントでも出来るだけお金を使わないのが主流ですよね」

「いやいや、それでも、変わったのは使う額だけだよ。クリスマスまでには、恋人を作ろうとするのがまだまだ一般的な感覚でしょう。そして、恋人が出来たら忘れられないような思い出を作りたいと思うものだよ、特に女性はね」

集合が遅かったため、ホワイトボードの上の時計はすでに三時二十五分を指そうとしている。本格的ティーパーティーを開こうがやっぱり何も決まらなかった。こんなのは子供騙し、三十分という短い時間では何も決まらない。でも、少しでも前に進めるために、今はアッコさんに従うしかないのだ。深く息を吸うと、三智子は心を決めた。

「ええと、あの、その、時間が来ましたのでこれで終わりです。これから四日間、毎日三十分、会議をこの部屋でやります。お茶とお菓子を用意しておきます。必ず金曜日までにジョゼフ販促イベントのプランを決定しなくてはなりません。もし、決まらない場合は……、進行役である私の責任で出す企画をそのまま通すということで、部長、よろしいでしょうか」

語尾が震えてしまう。とても自分の言葉とは思えない。アッコさんのメモには、『会議というのは、リミットを設けないと何も決まらない。金曜日までに何もなければ自分の案を通します、とまず全員に宣言しなさい』と書かれていたのだ。

「へえ、案外言うなあ。澤田さん……」

木村さんが驚いたようにこちらを見ている。

救いを求めて目をやると、先ほどまでは気になって仕方がなかったアッコさんが今ではしっくりと会議室になじみ、会社の一部にさえ感じられるのが不思議だった。これこそが執事の国、イギリスで身につけた一流のサービスなのだろうか。

「すっごい意気込みだね。やる気は買うよ」

と山川部長は困ったように笑ってうなずいた。

――皆さん、じゃなくて「私」がどう思うか。進行役は舵取りを他人に任せてはだめよ。

離れているのに、何故か耳元でアッコさんのささやき声が聞こえた気がした。

火曜日

今日のメニューはきゅうりのサンドイッチだった。

よほど待ち遠しかったのだろう、一番早く会議室に現れた木村さんは手をこすりあわせんばかりにしてきゅうりのサンドイッチを見下ろし、翡翠色のスライスと柔らかな白パンとの涼しげなコントラストにうっとりしている。

「へえ、今日はサンドイッチか。昼食べられなかったから、こういうの助かるよ。山川部長は来てない？」

遅刻魔の青島さんが三時前には到着し、弾んだ様子をあらわにした。会議に対するやる気はともかくとして、お茶が楽しみなのはいそいそと時間前にやってきた庄野さんも二階堂さんも同じのようだ。

「甘いものを期待していたけど、こういうおやつも新鮮。口がさっぱりする。今日の紅茶はダージリンね。水色《すいしょく》がきれい。パンによく合う」

「きゅうりの皮はちゃんと剝いてあって、塩もみまでされている。だからパンとバターだけでも美味しいのか。これプロの手間よねえ」

二児の母らしく庄野さんはうっとりした声を上げ、マニキュアのされていない指で小さな長方形にカットされたサンドイッチをつまむ。口々の賞賛は耳に入っているだろうに、アッコさんは相変わらず静かに立ち働くのみで、無表情を崩さない。

食のプロモーションのエキスパートである先輩四名は舌が肥えていて、知識が豊富なのだ。紙コップのコーヒーやコンビニスナックなんかでやる気を出せるわけはなかったのに、と三智子は反省してしまう。これほど本格的なアフタヌーンティーは用意出来ないにせよ、せめて少しはコミュニケーションツールや議論のとっかかりになるようなおやつを考えてみるべきだったのかもしれない。

「小学生の頃、カルメ焼きを授業でつくったのを思い出すなあ」

二階堂さんがくすくす笑いながら、ティーカップをゆったり傾けている。

「よく考えれば、ただの砂糖の焦げ付きなのにね。すごく美味しく感じたの。今にして思えば、あれ学校で食べたからだよね。このお茶やサンドイッチも同じ。会議室なんて普段美味しいもの食べられる場所じゃないから、非日常とドラマ感で余計美味しく感じるのかも……」

ほう、というふうに木村さんがサンドイッチを頬張りながら、身を乗り出してきた。

「非日常とドラマ感か。販促において大切なことだよな。例えばジョゼフのイベントも思いもかけない場所でゲリラ的にやってみるのはどうかな？　全然期待していない場所で冷えたシャンパンを飲んだら、すっごく美味しいし嬉しいと思うんだ」

「なるほど。クリスマスにカップルが絶対デートしないような場所とかは？」

「競輪場はどうだろう？　あ、むしろ競艇なんてどうかな？」

先輩たちが目を輝かせ、ぽんぽんと言葉を交わし合う様《さま》に、三智子は胸が熱くなるのを感じた。ずっと止まっていた時間がようやく動き出した気分である。これも紅茶の効果なのだろうか。次々と空になっていくティーカップにアッコさんはポットを傾けて回っている。

「ほら、子供の職業体験アミューズメント『キッザニア』ってあるじゃない。あれの大人版みたいなのがあって、そこでお酒が飲めたら、面白いよねえ」

三智子はすぐさま「大人の職業体験」「非日常」「ドラマ感」と議事録に打ち込んだ。

「ふんふん。みんなの提案は面白いとは思うけどねえ」

いつの間にか、遅れていた山川部長が到着し、ドアのところに寄りかかっている。

一同は顔を見合わせ、小さな窓が順にぱたんぱたんと閉まるように口をつぐんだ。

「でも、これはレトルト食品やカップラーメンの販促じゃないんだよ。シャンパンだよ。シャンパン。一人のクリスマスにジョゼフは似合わないだろう？」

部長はやんわりと、しかし有無を言わさぬ口調で言い、席に着く。和気藹々《わきあいあい》とした空気は一瞬で消し飛んでしまった。その時、部長の思い浮かべるクリスマスを三智子は悟った。シャンパンがポンと音を立ててしぶきを上げ、街にはカップル以外存在せず、ネオンとクリスタルに彩られたきらきらの聖夜。そして、それは部長以外はここにいる誰一人としておそらく経験したことがない種類のクリスマスなのだ。

水曜日

「あれ、今日、部長は？」

会議室に入るなり、木村さんが早めに着席している一同を見回し、すっとんきょうな声をあげた。三智子は、ついさっき内線で呼ばれるなり顔色を変えて飛んでいった部長からの伝言をそのまま口にする。

「あいにく、急にお客様がいらしたそうです。イギリスのスティーブンス＆シルバーストーン東京支社から直々の商談の申し込みらしく……。今日の会議は皆で進めておいてくれと言付《ことづ》かりました。あとで議事録で確認するそうです」

世界的な老舗紅茶メーカーの名を出すなり、木村さんはおおう、と大げさなのけぞり方をした。アッコさんが並べた皿には、キツネ色にこんがりと焼けたケーキが載り、粉砂糖が雪のように振りかけてある。全員が揃ったので、三智子はすかさず説明した。

「今日のお菓子はビクトリアケーキです。イギリスの伝統的なお茶菓子で、スポンジケーキに手作りのラズベリージャムをたっぷり挟みました。お茶はウバを使いました。ストレートで香りを味わった後は、是非ミルクを入れてお楽しみください」

一見ふんわりと軽やかなスポンジだが、フォークを跳ね返すほどみっしりとした弾力だ。午後の陽射しを受けてとろりと輝く深紅のジャムが溢れ出し、酸味と甘みが焼き菓子の重さを引き立たせている。一口食べるなり、誰もが目を細めた。

「美味しい。これくらいこってりな方が紅茶が引き立つ。うーん。甘いもの食べてるって感じねえ。日本の繊細なケーキにはない素朴なずしっと感がいいなあ」

庄野さんの言う通り、爽やかな香りのお茶に食べ応えのあるケーキはよく合った。体中に活力がみなぎる気がして、三智子は皆を見回す。

「昨日のブレインストーミングでは、皆さんの思い描くクリスマスの形が少し見えてきたように思います。大人が子供に返って、好きなことをして過ごす日というか……。例えばですが、今年のクリスマスがもし一人だったら、したいことってなんでしょうか？」

「例えばじゃなくても、どうせ今年も一人よ！」

二階堂さんがいかにも惨めそうな声を上げると、どっと笑いが起きる。

「でも、別に構わない。いつものようにＤＶＤをたくさん借りて、ビールにフライドチキン。大好きな映画を好きなだけ見まくるの。楽しみ」

言葉が嘘ではない証拠に、二階堂さんはにこにこと愉快そうだ。木村さんも胸を張る。

「俺もこの分だと今年は一人かなあ。よし、ピエール・エルメのクリスマスケーキをワンホール独り占めして食べてやるか。明石家サンタでも見ながら。青島さんは？」

「僕はのんびりＩＫＥＡの家具でも組み立てるかなあ。ピザでも頼んでね」

「いいなあ、みんな」

心の底からうらやましそうに息を吐き、庄野さんはティーカップをソーサーに置く。

「今考えると独身のあの時間って本当に贅沢だったんだなってわかる。一人でワインを開けて、自分のことだけ考えて、好きなことをしながら夜を過ごすのって、かけがえのない時間だよね」

庄野さんが目尻に皺を寄せて、少し悲しげに微笑んだ。三智子は思わず睫《まつげ》を伏せる。

子供が風邪を引けば躊躇なく早退し、毎日誰よりも早く帰る彼女は、疎んじられているわけではないけれど、社内では戦力外と見なされている節がある。しかし、子育てのまっただ中にある彼女には帰ったところで自由になる時間などないに等しいのだ。いつかは自分も経験する道なのに、理解を示そうとも立場を置き換えて考えようともしなかった我が身の冷淡さを突きつけられた気がした。反省に押されるように、三智子は自然と口を開く。

「一人を楽しめる贅沢時間……。ジョゼフはおひとりさまクリスマスを肯定、いえ、推奨しませんか」

青島さんがすぐにぷっと笑ったので、三智子は救われる思いだった。

「それいいじゃない。ジョゼフはミニボトルで一人呑みに丁度いいし」

「あの味、淡白だから、料理選ばなそうだもんね。一人呑みの定番、焼き鳥なんて合うんじゃない？　うん、全国の居酒屋チェーンに置いてもらうのもいいかな。ジョゼフと焼き鳥で聖夜のおひとりセットなんてメニュー、どう？」

二階堂さんがケーキをつつきながら、社員食堂でおしゃべりしているのと変わらない調子で発言してくれるのが嬉しかった。

「うわ、部長にこんなしみったれた話聞かれたらやばいぞ。あの人、バブル期の商戦で勝ち続けた栄光が忘れられないんだからさあ」

木村さんが混ぜっ返すと、まばらな笑いが起きる。山川部長がこんなに疎まれているなんてまったく知らなかった。気の毒になるのと同時に、自分も部長と一緒に笑い物になっている気分であり、何やら恥ずかしい。確かに、昨日から薄々感じていたことだが、部長がいない時は場の空気が和やかになっている。皆、彼の経歴や自信満々な態度を前にすると萎縮するのだろうか。一度、部長の評判をちゃんと調べておいた方がいいかもしれない。先輩達はなおも議論を続けている。

「そうなると、いよいよイメージキャラクターはＭＩＫＡＫＯって感じじゃないなあ。一人呑みとかおひとりさまが似合う芸能人かあ。そうだなあ。女優っていうよりはバラエティタレント？」

　青島さんの問いに二階堂さんが答えた。

「うーん。そうねえ。一人でいることが自虐的にも、かといってスタイリッシュな絵空事にもならない人がいいね。ああ、彼女も私たちと同じなんだなあ、と自然に感じられる人材がいい」

「そうなると、素人の方が手垢がついてなくていいんじゃない？　そうそう、例えば、人気のある女性ブロガーなんてどう？」

　格段に饒舌になった庄野さんの提案を受けて、木村さんがにやりと唇を曲げる。

「ネットといえば、二階堂の Twitter が大人気じゃん？」

「やだ、ちょっと、なんで知ってるのよ!?」

　今まで見たこともないようなおびえた様子で、二階堂さんはお茶にむせている。

「だってさあ、会議中もちょくちょくつぶやいてるじゃん。俺、後ろからチラっと見ちゃったんだ。アカウント名は @hitori-nomi だっけ。非モテの恨みつらみやら、一人呑みに向く店情報やらキレキレの言葉センスでぶっぱなしてて面白いんだ。有名人にもフォローされてるみたいだよねえ」

「お、フォロワー四万人？　これはジョゼフに利用しない手はないよ」

すぐにスマホを取り出して検索をかけたらしい青島さんが、大きな声で言った。庄野さんが端末を後ろから覗き込み、目を輝かせてうなずいている。

「宣伝部のブログを宣伝ツールに使うことってよくあるじゃない。ジョゼフの販促活動記録を二階堂さんのアカウントでそのままつぶやいて盛り上げていってもらえば。社内の人間を使えばタダだしね」

「いやよ。そんな、さらしものなんて。高潮のOLだって知られたくないよ」

「顔出ししなければいいじゃない。就業中、ネットで遊んでることに目をつぶってやってるんだからさ、ね？」

青島さんがさらりと言うと、二階堂さんが青ざめている。三智子は目を見開かされる思いだ。この人たちってこんなに面白くて個性豊かだったんだ。

——もしかして、会議ってすごく楽しいものなのかな？

会議が終わって先輩たちが帰っていくのを見計らい、三智子は片付けをしているアッコさんに声をかけにいく。

「みんなで意見を自由に出し合うって大切ですね。あの……、アッコさんのおっしゃってること、ちょっとわかってきたような気がします」

ようやく振り返ったアッコさんは、もう感じのいい給仕係の表情ではなく、いつもの威圧的な元上司のそれを取り戻していた。

「そのためには進行役がちゃんと場を掌握して意見が出せる空気を作らないとだめ。部長がいることでみんなが萎縮していたのが、今日の会議でわかったんでしょう。でも、明日には部長が戻ってくるのよ。彼の顔を潰さずに、せっかく勢いのついてきた流れも守る。あと、あなたなりのプランを最低一つは口に出来るようにしておきなさい。議事録をよく読み返せばヒントは必ず見つかるはず」

一言も逃すまいと、慌ててペンで手の甲にメモを取る。これだけはどうしても聞いておきたくて、三智子は怒らせないように細心の注意を払いながら、アッコさんの横顔に向かって小声で問いかけた。

「まさかとは思いますが、スティーブンス&シルバーストーンからの御使いってアッコさんが何らかの手をつかって差し向けたんじゃないんですか？　部長に席を外させるために……。今まで高潮がいくらアプローチしても商談に持ち込めなかったのに、いきなり向こうから、よりにもよって宣伝部長を指名してアポなしで訪ねてくるなんておかしいと思うんです」

「ふん、イギリスでいっぱい知り合いが出来たって言ったでしょう」

アッコさんはそっけなく言うとこちらに背を向けたが、息を吹きつけながら磨いている銀のおぼんに映った顔は、いかにも満足そうだった。

木曜日

「わあ、美味しそう。今日はスコーンね。あったかい！」

もはや、三時きっかりに宣伝部の先輩チームが揃うことは当たり前になっていた。ふっくらと立ち上がったスコーンの表面は卵でつややかに光り、甘い湯気が漂っていた。チーズにクリームに数種類のジャム。添えるものが豊富にあるので、誰もが手を動かしながら、会話を楽しんでいる。木村さんがはしゃいだ声をあげた。

「あ、これクロテッドクリームだろ。日本じゃあんまり見ないよな。お、このママレードも苦くてうまいな。手作り？　うーん、ミルクたっぷりのアッサムが合うなあ」

いつの間にか、真夏に温かいものを食べることになんの抵抗もなくなっているようだ。

「ねえ、聞こうと思っていたんだけど、どこで焼いてるの？　ええと、おねえさん？」

庄野さんの呼びかけにアッコさんは静かに振り返る。「おねえさん」なんて呼ばれて、気を悪くしないかとハラハラしていたが、彼女はごく簡潔ではあるが穏やかに答えた。

「ここまで運転してきたワゴンの中にガスオーブンがあり、移動中に焼き上げたものをそのままお出ししています」

「へえ、暑いのに大変そうねえ。もしかして、ケータリングとかお願い出来るのかしら？　あとで名刺いただける？　子供の誕生会やＰＴＡで集まる時に是非来てもらいたいな」

庄野さんとアッコさんがやりとりしていると、遅れてやってきた部長が一人一人の顔を覗き込むようにしながら、自分の席を目指してゆっくり歩いていく。

「随分盛り上がってるみたいだね。レジュメを読んだよ。さて、すぐに実行に移せるような具体的な提案はないのかな。もう木曜日だから、のんびりしていられないよ」

皆、黙り込んでしまう。昨日の積極性はどこに消えたのだろう――。この二十四時間の情報収集で三智子もよく理解したつもりだ。山川部長の人当たりが良さそうに見えて誰よりも強情な性格がこれまで何度もプランを潰し、社内でけむたがられるようになり、人数の多い営業推進部からこの少人数の部署に異動になったことを。

誰かが助け舟を出すのをやきもきして待っているのではだめだ。部長が着席するなり、三智子はお茶を一口飲んで姿勢を正す。濃いめのアッサムに眠気が吹き飛んだ。

アッコさんの指示通り、昨夜は遅くまでプランを練っていた。

「あの、これはあくまで、もしもなんですけど……」

恐る恐る、三智子は右手を顎の高さまで上げる。

「ジョゼフの販促の場所として、全国にチェーン展開しているレンタルビデオ店なんかはどうでしょう。例えば、業界最大手の『フライングシップ』なんかは、どんな地域にもありますよね。店内にコーナーを設けて、スタッフや地元の派遣会社のマネキンさんに試供品を配ってもらうというのはどうでしょう？　試飲コーナーも設けてもらえれば」

部長や先輩がこちらを見ている。こんなふうにまともに意見を聞いてもらえるのは初めてのことだ。心臓がバクバクするのを抑えようと、紅茶を一口飲んでみる。すっと落ち着いた。ティーソーサーにまた折り畳んだメモがあることに気付き、人目を気にしながらこっそり開くと『緊張をとくためには耳たぶをさわりなさい』とある。三智子は素直に両手を耳にやり軽くもむ。もう、ひるまないことに決めた。ここは会議室。仕事に関するアイデアであれば、何を口にしても許される無法地帯なのだ。

「最近ではビデオ屋さんのレジ横にチョコレートやポテトチップなんか、よく置いてありますよね。決して安売りされているわけでもなく、どこでも手に入るものなのに、売り上げは年々上がっているようです。お腹が空いているわけではないけれど、今夜見るDVDが決まったら途端に何かつまむものが欲しくなる、という経験は私にもあります。別のデータによれば、さるスーパーマーケットのシリアル売り場にバナナを並べたところ、双方の売り上げが飛躍的に上がったそうです。シリアル、バナナ。いずれも一日のエネルギー源として忙しい朝に食べるものですよね。あるものとあるものが意外な形で掛け合わされると、新しい消費欲求を生むのではないでしょうか」

しばらくの間、誰も何も言わなかったが、二階堂さんがいつになく真面目な様子でこちらを見た。

「私、澤田さんのアイデア悪くないと思う。DVDを選ぶのって結構時間がかかるし、プラ容器で提供されれば、棚を見ているうちにあっという間に一杯くらい呑めるんじゃない？　それで帰りのスーパーで見かけたら、ふっと買っちゃいそう。一人でクリスマスシーズンを過ごしている客をピンポイントで狙える、有効なPRだわ」

「タイアップして、シャンパンが効果的に使われているDVDの棚を作ってもいいかもな。よく思いついたねえ」

青島さんも感心したようにうなずいている。皆が興味を示してくれて、ひとまずはほっとしたが、山川部長だけは怪訝そうに首を傾げていた。

「意見は面白いけど、ちょっと意表を突きすぎていないかな？　だいたいその場で売れないんなら意味ないでしょ。試飲だけなんてボランティアじゃないんだよ」

部長は不快感を覚えているのだろうか。三智子は怖くなり、なんとかして場を収めなければ、意見を引っ込めなければと焦る。その時、アッコさんと視線がぶつかった。彼女は顎を引き、まるで「そのまま行け」と命令しているかのようだ。三智子は悟った。

――そうか。これは喧嘩じゃないんだ。議論なんだ。

部長を悪者にして前時代的と決めつけ、その存在に怯え、自分が善良なる弱者と思い込むのは間違いだ。部長は本気で、クリスマスは華やかに過ごすべきもの、贅沢をするもの、と考えている。そこに悪気もおごりもない。勘違いしたままここまで来てしまったのは、彼の性格に問題があるのではなく、誰も彼に意見する勇気がなかっただけなのだ。違う意見がぶつかり合う、それこそが会議なのに。会議のあるべき姿なのに。今こそ、想像力を駆使せねば――。部長を縛っているもの、部長を閉じ込めているもの。それはきっと、商社の華やかなりし時代をその目で見て、支えてきたという自負に他ならない。それはおそらく、彼の核なのだ。そこを否定しては何も始まらない。三智子は懸命に心を落ち着け、極力感じよく、わかりやすく話そうと試みる。

「我が国にキリスト教精神は根付いていません。だから、クリスマスは消費の日としかとらえられていない。これだけ時代が変わったのに、未だクリスマスは外に出るもの、カップルで過ごすべきもの、という考え方が定番です……。その定義に、どうしても寄り添うことが出来ずに傷つく人、コンプレックスを持つ人が多いということを誰もが知っているとしてもです。しかし、八〇年代からそれが変わらないのは、新しいクリスマスの概念を誰一人として提案してこなかったからではないでしょうか」

誰も何も言わない。三智子は頭が真っ白になりそうになった。アッコさんに目を向け、その変わらず少しも視線を合わせてくれない冷たさにかえって勇気を奮い立たせながら、なんとか言葉をつないでいく。

「無理して幸せぶらない、世の中の流れについて行こうとあくせくしない、自分の喜びは自分だけの宝物として穏やかに温めておく……、そんなライフスタイルを提案出来るのは食卓から文化を牽引することの出来る商社ならではの役割なのではないでしょうか。今までにないスタイルの提案は勇気のいることです。でも、山川部長の決断力、ご経験があれば、不可能ではありません」

「え、僕……」

部長は突然名指しされ、動揺したようにこちらを見ている。三智子はうなずいた。

「そうです。我々に出来るのはあくまでもマーケティング。消費者の欲しいものを先取りし、寄り添うことしか出来ません。でも、時代をリードしてきた山川部長のお力があれば既存のルールを破り、新たな価値観を構築することが出来ると思います。ジョゼフの販促を通じて、まったく新しいクリスマスのスタイルを日本に打ち出すことが出来るんじゃないでしょうか」

どうしよう、しゃべり過ぎた。生意気を言い過ぎた。三智子は後悔で、スコーンが喉まで迫《せ》り上がって来る思いだった。会議が終わっても、山川部長はしばらくの間、席を立たなかった。うつむく彼のティーカップに、アッコさんは新しい紅茶を注ぎ、琥珀色の水面を揺らせている。

金曜日

「あら、今日は紅茶じゃないの？」

その日、一番最後にやってきた二階堂さんがあからさまに失望した声を漏らしたが、アッコさんは先ほどからクーラーボックスに身をかがめているので聞こえなかったようだ。その背中からはほのかにガラムマサラの匂いがして、三智子は懐かしい気分になる。雲と木社時代、金曜日のお昼になると、アッコさんはカレー屋さんを手伝っていた。まだ続けているんだ——。ビスマルクに行けば、アッコさんに会えるということだろうか。

確かにテーブルにティーカップはなく、アッコさんが各自の前に並べたのは背の高いグラスと、柊と粉砂糖で飾られたドライフルーツぎっしりの黒っぽい焼き菓子である。山川部長を含め、全員が三時ぴったりに席に腰を下ろしたのは初めてのことだ。今日でティーパーティー会議は終わる。何も決まらなければ、三智子はたった一人で不完全な企画を通さねばならなくなる——。ようやく、立ち上がったアッコさんが手にしているのは、水滴を浮かべたジョゼフのボトルだった。誰もが目を見開いた。

「今日はお茶だけではなく、御社のシャンパンも用意させていただきました」

わ、おねえさんがまたしゃべったぞ、と木村さんは感じ入ったようにつぶやいている。その目は、ほとんど憧れているといってもいいまぶしげなものだ。

「皆さん、何度も試飲されていると思いますが、単体ではなく、色々なものと一緒に合わせて飲むことをおすすめします。肉や魚だけでなく、ジョゼフのシャンパンは軽い口当たりですからお菓子にもよく合うんですよ。今日のお菓子はイギリスの伝統的なレシピで作ったクリスマスプディングです。季節外れではありますが、どうぞ十二月を思い浮かべてお試しください」

そう言うと、アッコさんはボトルを手にテーブルを回り、しゅわしゅわと音をさせてシャンパンを注いでいく。へえ、これがクリスマスプディング――。三智子はまじまじと皿のケーキを見つめる。幼い頃、愛読書に何度も登場した食べ物なだけにかしこまった気持ちになり、背筋を伸ばしてフォークを取った。どっしりした緻密な生地が、口に入れるとほろりと崩れる。酔ってしまいそうなほどたっぷりと洋酒を吸った濃厚なカランツにレーズン、木の実……。まるで舌の上を英国の四季の恵みが駆け抜けていくようだ。初めて経験する味なのにしっくりと舌になじむ。枯れ葉の甘い香り漂う、ひんやりした冬の森から滋養を分けてもらった気分である。冷えたシャンパンで流し込むと、さらに複雑な甘みと風味が生まれた。

「どっしりした焼き菓子にも合うのね、シャンパンって……。考え方次第でまだまだ売り方は出てきそうじゃない」

感じ入ったように庄野さんがうなった。

「実は中におまけが仕込んであります。イギリスでは、プディングに銀の指ぬきが入っていた人には幸運が訪れると言われているんです」

アッコさんの宣言に場はより一層盛り上がった。皆、子供が宝探しでもするかのようにわくわくとフォークを動かしている。

「あ、俺、当たった……。なんだ胡桃《くるみ》かよお」

「私もハズレ。ねえ、誰？　当たった人！　私に指ぬきくれなきゃ許さない」

「手間と時間をかけてサプライズかあ。なんだか大切なこと教わった気がするね」

「しかし、話し合う時間はないよ。もう金曜日だからね」

ずっと黙っていた部長がナプキンで口を拭いながら言った。空気がさっと張りつめる。

「澤田くんの案はまだまだ採用というわけにはいかないな。酒が販売できないレンタルビデオ店でキャンペーンなんて効率が悪過ぎる。でも、思いがけない場所で試飲というアイデアや一人客を狙う売り方は悪くない。例えば、シネコンなんてどうだろう。クリスマス公開の作品であればシャンパンのシーンもあるだろうし。タイアップできそうだ」

「……部長、さすがです」

三智子はため息まじりにつぶやく。やはり、この人はプロだ。自分にはまだまだ勉強が必要なのだろう。

「このクリスマスプディングを食べて、澤田くんの言う、人に見せびらかさない幸福っていうのがほんの少しだけ、わかったような気がするんだ」

山川部長は静かに言うと、小さくうなずいた。いつもの人たらしな笑顔はなく、ただこちらを見守るような思慮深い目をしている。

「また是非、このサービスを利用したいね。重役会議や大事な商談なんかでも、このお茶を……あれ？」

すっとんきょうな声をあげた部長の視線の先に目を向けると、さっきまで壁際で背筋を伸ばしていたアッコさんの姿がない。三智子は思わず立ち上がった。すみません、すぐ戻りますんで、と早口で言い訳すると、戸惑っている先輩たちに振り向きもせずに会議室を飛び出した。エレベーターホールに駆け込むと、ちょうど扉が閉まったところだった。ここ三階から下の階へと点滅していくランプにさっと目をやり、非常階段にすぐさま向かう。駆け下りて一階ロビーにたどり着くと、正面玄関から出て行くアッコさんの後ろ姿が目に入った。

「アッコさん、待って！　お願い‼」

周囲が振り返るのも構わず、三智子は無我夢中で声を張り上げた。会社の外に飛び出すなり熱風が押し寄せる。陽射しのまぶしさに一瞬、何も見えなくなった。いつもなら、このまま体がぐらりとし目眩を覚えるところだが、三智子の体はすぐさま外気に適応したようだ。この五日間、温かいお茶を飲み続けてきたせいだろうか。目を凝らすと、国道にかかる横断歩道橋の中ほどにアッコさんの姿があった。このまま、逃がしてなるものか。足を速めて、階段を上っていく。三智子がようやく橋の上に立った時、アッコさんはすでに階段を下り、反対側の歩道にいた。

「アッコさん！　アッコさん！」

橋の上から夢中で叫ぶ。こちらを見上げたアッコさんはまぶしいのか顔をしかめていて、ひどく迷惑そうに見えた。しかし、三智子はひるまない。プディングにフォークを差し入れた瞬間その存在を感じて、先輩たちの目を気にしながらポケットにしのばせておいた指ぬきを頭上に掲げた。太陽の光を返し、それは小さいながらも強く輝いた。アッコさんがかすかに微笑んだように見えたのは気のせいだろうか。

「クリスマスプディングってすごく時間がかかるものなんですよね。最低でも一ヶ月くらい前から準備して寝かせておくんですよね」

それは、かつて児童小説で得た知識だった。こちらを見上げているポーカーフェイスが、台所に立ち、お酒に漬けておいたドライフルーツや粉をいそいそと混ぜ合わせている様を思い浮かべたら、愛おしさがこみ上げてくる。

「つまり、アッコさんは、ずっと前から……。この半年はそっけなく思えたけど、先週、ハティフナットで再会するもっと前から、私のことを遠くで見守ってくれて、心配してくれて、この会議を計画していたってことなんですよね」

「私じゃないわよ。笹山くんよ！」

アッコさんは高いところから見てもそうとわかるほど、大きく鼻を鳴らした。

「彼、私の気に入りそうな本が入荷するたびに営業メールをくれるんだけど、そんなの口実で、いつもあなたのことばっかり相談してくるのよ。あなたの体調やキャリアのこと、この世界で一番考えているのはあの人なんじゃないの」

出会った時から、彼は三智子に対して強い意見や情熱的な態度を出したことがない。ただ、いつも静かに笑って隣にいてくれた。いつの間にか、それを頼りないとしか感じられなくなっていた。見落としていることが、もしかするとプライベートでもたくさんあるのかもしれない。

「何度も言うけど私、あなたのために動いたわけじゃないんだからね。これもコンサルタント業の一環よ。こうして顔を売って、大企業とも密に繋がって、ゆくゆくはフードビジネス業界でトップに立ってみせるのよ」

まくしたてるような言い訳に三智子がくすっと笑うと、アッコさんは頬を赤くして睨みつけてきた。まったくいい大人がする言動とは思えない。アッコさんはいつも荒唐無稽で夢みたいなことばかり言う。でも、それは想像力が自然と体から溢れ出てしまうからなのだろう。人は想像力に救われ、想像力にお金を払う。不景気で夢を見られない時ほど予期せぬサプライズを切望する。それはまぎれもない事実なのだ。

「アッコさん、次はいつ会えるんですか？」

「そんなの知らないわよ。私、もう行かなきゃ。あと十分後に次のアポがあるのよ。ああ、会議室の後片付けなら、うちの若い子が行ってるわよ」

ビジネスライクなそっけなさに、三智子は腹立たしくなり、耳まで熱くなった。一方的に助けておいて、こちらがつながることを許してくれない。どうしてこの女性はこんなにも好意に応えてくれないのだろう。

「アッコさん、私とは友達だって言ったじゃないですか！　友達はそんなふうに急に現れたり、急にいなくなったりしないものですよ。いつだって会いたい時に会えなくちゃだめなんですよ！」

「じゃあ、次はあなたが私に会いにきてよ。手がかりを見つけて。言っとくけど、メールなんかで聞いてきたって教えないわよ」

その発想がなかったことに三智子はどきりとした。彼女が来るのを口を開けて待つばかりで、自分から会いにいくなんて考えたこともなかった。

「あなた、きっといいことがあるわよ。私の見込んだとびきりのラッキーガールだもの。なにしろ、指ぬきが当たったんだから。その指ぬきね、実は私の母の形見なのよ」

そんな大切なものを、と三智子は改めて指ぬきをまじまじと見つめる。鈍く光る銀はよく見ると、無数のひっかき傷だらけで年月とドラマを感じさせた。アンティークショップを訪ねれば色々わかることもあるのだろうか。陽射しが眩しく照りつけ、三智子は手をかざす。そのごくわずかな間に、アッコさんはタクシーをつかまえて後部座席にすべり込んだ。三智子が呼び止める暇もなく、ドアは音を立てて閉まり、そのオレンジ色のタクシーは東京タワーの方向に、まっすぐに突き進んでいく。あの先にはアッコさんの暮らしがあるのだろうか。彼女にも家族がいる。もしかすると愛する相手もいるのかもしれない。いつか雲と木社の社長が口にしたように、三智子のように悩んで傷ついた日々もきっとある。これまで一度も想いを馳せたことのない、その未知の領域を今、三智子は懸命に心に思い描こうとしている。

さっきまでそこに立っていたアッコさんの影法師が青空に白く浮かんだ気がした。道しるべならこの手の中にあるのだ。いつだってヒントはそばにある。それに気付くか気付かないかは自分次第なのではないか。東京は狭い。世界は狭い。頭と足を使えば、いや、想像力を駆使すれば、きっとアッコさんを自力で見つけ出すことが出来る。三智子は汗で濡れた手でぎゅっと指ぬきを握りしめた。丸い形のへこみが手のひらに深くついたのがわかった。アッコさんを見つけ出してお返しをするその日まで、この指ぬきは私の守り神だ――。額をさらさらと流れていく汗が今は心地よいと思える。

アスファルトに太陽が激しく反射して、ほんの一瞬だけ視界が真っ白に光り輝いた気がした。今夏一番の猛暑なのに、今からそう遠くない雪景色の東京をはっきりと思い浮かべられた自分にびっくりして、三智子はしばらくの間、歩道橋の真ん中に佇んでいた。

若竹七海

不審なプリン事件

EPISODE

若竹七海（わかたけ・ななみ）

1991年、連作短編集『ぼくのミステリな日常』でデビューする。社内報の編集に携わる若竹七海が主人公で、『心のなかの冷たい何か』も彼女の探偵行。私立探偵的に事件に関わる葉村晶シリーズや、『ヴィラ・マグノリアの殺人』以下の葉崎市が舞台のコージーミステリーで謎解きの世界に誘う。さらに歴史を絡めたミステリー、パニック物、ホラーなどと作品世界は多彩。2013年、「暗い越流」で日本推理作家協会賞の短編部門を受賞する。

1

「濃厚プリンっていうのは、プリンとしてどうなんだろうな。なあ、長野」

旧軽銀座のCafe Restaurant Paomuで買ってきた、軽井沢《かるいざわ》プリンの空き容器を後部座席に投げ置くと、玉森剛《たまもりつよし》はとどろくような低音で言った。

「いや、うまいんだよ。クリーミーだし、とろけるようだし、甘みが全身にしみこむようだし。けどなあ。牛乳と卵と砂糖、バニラエッセンスだけで作った、安くて滋養があって、やわらかいんだけど、スプーンを入れるとすっきりすくい取れるのがプリンだろ。金属製の型に流し込んで、母親がふきんをかけた蒸し器で蒸してくれて、できあがりの肌をよく見ると若干すがたってぷつぷつ穴が開いてるって、そういう昭和な食い物だろうがよ。そこへいくと、どうも最近の、濃厚を売りにしてるプリンは、名前はプリンでもまったく別の食い物だ。なのになんでプリンを名乗るかな。なあ、長野」

「はあ。どうしてですかね」

長野県警から警視庁に出向して、すでに七ヶ月。長野と呼ばれるのにもすっかり慣れた御子柴将《みこしばすすむ》は気のない相づちを打った。文句があるなら七つも喰うなよ。

「おまえ、その態度はどうかと思うぞ」

玉森はしなびたモヤシのように助手席に身体を投げ出した。本日はトレッキングシューズに厚手の靴下、ショートパンツのサファリスーツに羽根のついたチロリアン・ハットというレトロな山登りスタイルに身を固めている。張り込み用の変装なのかもしれないが、軽井沢でどうしてこれが変装になるのか、かえってめだつではないか。真意のほどを聞きたいが、聞くのも怖い。

「最近じゃ、女子職員はうまいスイーツを知りたかったら長野のところに行くそうじゃないか。上層部も手みやげの相談ならおまえに聞くと決めているって聞いたぞ。なのにプリンについて一家言もないとは情けない。このオレをさしおいて、スイーツ刑事なんて呼ばれてるくせに」

呼ばれてませんって。

ごそごそと足下の袋から中山のあんずジャムを取り出した玉森は、ジャムにスプーンをつっこんで、仰向けの状態でなめはじめた。

「いいか、そもそもプリンの正式名称はカラメルカスタード。それが日本で独自の進化を遂げたんだが、蒸しプリン、焼きプリン、それから忘れちゃならないプッチンプリン。ここだけの話、オレはプッチンプリンが好きだね。プリン風味のゼリーで、本来のプリンとはそれこそ別物で……」

ジャムをプリンのようにぱくぱく食べつつ、しゃべり続ける玉森から目をそらし、御子柴はハンドルに顎をのせたまま教会の周囲に目をやった。

あーあ。須崎豪紀《すざきごうき》のやつ、ホントに現れるのかね。


七年前の六月十日、東京・池袋《いけぶくろ》の路上で、安売りで有名なスーパーマーケット・チェーン〈ナリゲン〉の社長・成田源三《なりたげんぞう》の車が襲撃された。西口の繁華街のただなかにあるナリゲン本社の数十メートル手前まで社長の車が戻ってきたとき、いきなり前後二台の車にはさまれて停止させられた。車からは目出し帽をかぶった三人の男たちが飛び出してきて、車の窓を工具でたたき割り、社長を道に引きずり出して財布とアタッシェケースを奪い、車で逃走したのである。

犯行時刻は昼の十二時半すぎ。白昼どころかランチタイムだったわけで、当然、周囲には目撃者が大勢いた。多くはなにが起こったのかわからず茫然と眺めているだけだったが、目撃者のひとり、柿沼東吾《かきぬまとうご》さんが犯人たちに向かって、一一〇番するぞ、と大声を出して携帯電話を取り出し、犯人のひとりにモンキーレンチで頭を強打された。犯人たちは来たとき同様、車で逃走、病院に運ばれた柿沼さんは数時間後、手当のかいもなく外傷性硬膜外血腫で死亡した。

白昼堂々の繁華街での強盗殺人、日本では珍しい凶悪犯罪である。おまけに被害者成田源三社長の注目度がすごかった。

実は、事件の少し前に、夕方のニュースショウがこのナリゲンを特集していた。もちろん、取材の中心は、ナリゲン社長本人である。

いつもニコニコ現金取引がモットーで、東に賞味期限切れ寸前のレトルト商品があると聞けば、行って買いたたき、西にとれすぎて廃棄予定のトマトがあると聞けば、行ってタダ同然でトラックに積み込み、嵐の後は木から落ちたリンゴを自ら拾い集め、日照りの夏はミネラルウォーター会社に乗り込み、ソウイウヒトニ、ワタシハナリタイ……といった調子で自社を急成長させた凄腕の商売人。

一方で、超のつく大金持ちのくせに、町でティッシュ配りを見つけると信号を渡ってでももらいにいく。そうして貯めたポケットティッシュが社長室の段ボール箱に二十数箱分。

「もう、一生、ティッシュは買わんですむわ」

そう笑いながら、さらに使ったティッシュを社長室の窓際に干し、乾かして、あと二、三回は使うほどのドケチ。車は二十五年前に買った中古車で、たまに着る背広は父親の形見、年に二回開かれる社員旅行で自らのポケットマネーを使って社員全員を豪遊させる以外は、飲食店に行かず自炊、まれに近所のラーメン店に行くときには、タッパー持参で残ったスープと備え付けの薬味をどっさりお持ち帰り、という徹底ぶりを披露した。

おまけにファッションセンスは、いまはなき大阪の食い倒れ人形を彷彿《ほうふつ》とさせるほどで、映像媒体が涙を流して喜ぶタイプのキャラクターといえよう。

実際、この特集の反響はかなりのものだったそうで、瞬間最高視聴率一〇・八パーセント。この時間帯のこの種の番組のなかでは相当なものだった。逆に言えば、この番組を見て、ナリゲン社長の財布には常に二百万入っており、いつなんどき買い時のものを見かけても即取引できるようにアタッシェケースに二千万持ち歩いている、といったことをみんなが知っていたことになる。

いつなんどき襲われても当然の人間が襲われ、それだけなら三億円事件と同じような「オモシロイ」事件のはずが無関係の人間が殺されてしまったわけだから、いろんな意味で日本中が大騒ぎになった。警視庁は面子《メンツ》にかけても事件解決をと、管轄の池袋西署に二百人態勢の特別捜査本部を立ち上げた。

しかし、それと同時に、被害者ナリゲン社長が、事件当日の夕方、本社内で記者会見を開き、柿沼さんの冥福を祈ると同時に一億円の札束を積み上げ、半分は柿沼さんの遺族に、残りの半分は犯人が逮捕されたあかつきに有力な情報提供者に贈ると発表したから、さあ大変。

五千万という超高額な謝礼金めあてで、善意の目撃者から裏社会の顔役まで、警察そっちのけでナリゲン本社に情報提供者が百メートル以上の列を作った。週刊誌によれば、このとき、すかさずナリゲン社長は行列とマスコミ相手にたこ焼きとラムネの屋台を出し、十二万ほど売り上げたそうだ。

狂乱の一週間がすぎたころ、事件は急展開をみせた。きっかけは、ナリゲンに寄せられた情報だった。事件の三日前、男たちが新宿西口公園のベンチに腰を下ろし、ナリゲン襲撃計画について話をしているのを、ベンチの裏で寝ていたホームレスが聞いていたのだ。

このベンチは公園の中でも特に鳩の糞まみれで、めったに誰も利用しないものだった。それにさきがけて、犯行に使われた二台の盗難車が見つかっていたが、一台の車のシートから微量の鳩の糞が検出されていた。

入梅したはずが、幸い、好天が続いていた。そこでベンチを調べたところ、傷害の前科のある三島浩次《みしまこうじ》三十八歳と、自動車窃盗で逮捕歴のある川上準《かわかみじゅん》三十六歳の指紋が検出された。ふたりは中学の野球部で先輩後輩だったという間柄で、事件後、溜まっていた飲食店のツケをきれいに払った後、そろって姿を消していた。

ふたりは重要参考人として指名手配された。ナリゲンはふたたび記者会見を開き、かのホームレスを情報提供者として認定したことを発表、ただし、支払いは犯人全員が逮捕されてから、逮捕に協力した人間が現れたら懸賞金はそのひと、またはそのひとたちと、ホームレスとの折半ね、と付け加えた。

世間の注目度はますますあがり、高校時代の彼らの写真がネット上にあふれかえった。にわかバウンティーハンターが大量に出現、三島とも川上とも似ても似つかない男たちが突然に襲われ、交番に引きずって行かれるという珍事が各地で頻発した。ふたりが追いつめられた末、小田原の交番に出頭してきて、それぞれが犯人の一味であることを認めたのは、手配からわずか二日後のことだった。

「冗談じゃないですよ。オレら、社長の財布とっただけっスからね」

三島浩次はげっそりやつれた頬をこすりながら、そう供述した。

「だからひとり百万しかもらってない。ていうか、そうなるはずだったのに、いざ財布みてみたら、半分以上が千円札だったんスよ。だから、全部で百万もなかったんじゃないかな。ひでえッスよ、あの社長。あれじゃツケ払ったら、いくらも残ってなかったし」

もうけは少なく、例の謝礼金のおかげで、みんなの目が光っている。怖くて泊まる場所もないし、店に入って一杯やることもできない。

「スザキのおっちゃんの口車に乗せられたばっかりに、こんなことになって。オレが誘ったせいで、三島先輩にも迷惑をかけてしまったし」

川上準は涙を流しながら、そう供述した。

「スザキのおっちゃんのフルネーム？　知りません。オレが働いてた運送会社に不定期で雇われてたトラック運転手です。おっちゃんがテレビ見て、一緒にナリゲンをやらないかって。白昼、車から社長を引きずり出して、財布とアタッシェケースをもらうだけだ、社長はドケチだから運転手も雇わず、自分で車ころがして、現金持ち歩いてるわけだけど、こんなやつが襲われても自業自得だ、誰も気にしないに違いないって」

調べてみると、スザキのおっちゃんとは、須崎豪紀、五十二歳。

かつては銀行員だったが、左遷されて系列会社の窓際部署に押し込まれ、溜まったストレスを発散しようと思ったか酒場で大げんか。結局、クビになった。

よくよく調べてみると、左遷の一因はナリゲンにあった。こういったタイプの経営者にありがちだが、ナリゲンもまた、金融機関というものを頭から信用していなかった。銀行とは、金を預けてラップをもらうところであって、借りるところにあらず。

銀行員だった頃、須崎豪紀はナリゲンの担当になり、なんとか金を借りてもらおうと土下座までしたが、社長はこれを頭から無視。そこで経理担当者に接近し、接待したのがばれて、ナリゲン社長の逆鱗《げきりん》にふれた。社長は全口座を解約して、銀行を乗り換えた。預金総額は十億をくだらなかったという。

これだけの高額預金者を逃したのだから、須崎豪紀が責任をとらされ、左遷させられたのもしかたがない。一方で、須崎にしてみれば、社長は恨めしいだろう。銀行なんて信用してませんわ、と言わんばかりに現金を持ち歩いて得意顔の社長に、ひと泡吹かせてやりたくなったとしても、不思議ではない。

三島と川上の供述、それを元にした実況見分、目撃者の証言や車に残っていた証拠などから、捜査本部は強盗事件の主犯であり、柿沼東吾さん殺害の実行犯を須崎豪紀と断定した。

そこでさっそく、須崎のアパートを調べてみると、血のついたモンキーレンチや目だし帽が見つかり、須崎豪紀は指名手配された。新たな賞金クビの出現に、三度《みたび》世間は熱狂、全国民はあげて須崎豪紀を追い始めた。

だが……。

大方の予想を裏切って、事件から七年たった今も、須崎豪紀は逃げ続けていた。

2

教会の鐘が鳴り、御子柴将はわれに返った。

「ホントに来るのか、とか考えてんだろ、長野」

玉森が助手席で伸びをして、言った。

「娘の結婚式を、逃亡中の指名手配犯がこっそり見に来るなんて、昭和の刑事ドラマじゃあるまいし、とか思ってんだろ」

「いえ、まあ」

実は、思ってます。

三日前に突然、玉森剛に呼び出され、須崎豪紀の娘が軽井沢で結婚式を挙げる、ついては逃亡犯須崎が現れる可能性があるので張り込む、軽井沢ったら長野の縄張りだろ、よろしく頼む、と言われたときから、そう思っていた。

しかもよりによって玉森と組んでの張り込みになってしまい、ますます思うようになった。

ホントに来るのかね。

「言い忘れていたが、昨日、花嫁が窓越しに誰かとしゃべっていたらしい。結婚式場の係員が見たそうだ」

「え……相手は須崎ですか」

「係員が気づくとすぐ、花嫁が窓閉めちまったそうだ。けど、目が赤くなってたってよ」

それでは、やはり、ホントに来た、と。

「人間ってのは、案外、進歩しない生き物なんだよな」

足下に転がるジャムの空き瓶を、バラ、ストロベリー、ブルーベリーとレジ袋にしまい込みながら玉森は言った。ジャム好きで知られる夏目漱石《なつめそうせき》だって、一度にこんなにジャムを食べたことはないだろう、と御子柴は思った。

「考えてもみろ。東京の下町出身で無宗教のねーちゃんが、軽井沢のキリスト教会で六月に結婚式挙げるなんてさ。ジューンブライドだなんて梅雨時にははた迷惑なあこがれが流行ってから、かれこれ四十年はたつだろうが。なのに、いまだにこれだもん」

車窓からの眺めは、ある意味で完璧だった。整然と並ぶ木立、石畳のアプローチ、今が旬の薔薇《ばら》が咲き乱れ、地面はきれいに刈り込まれた芝で覆われている。

その奥の教会は、日頃信心とは縁遠い日本人がぼんやりと思い浮かべる「美しい教会」そのもののたたずまいといえた。とんがり屋根、屋根の下には小さな鐘、真っ白い外壁、木と鉄でできたアーチ形の扉。扉が閉められて、すでに二十分。そろそろ花嫁がバージンロードを歩き出す頃だろう。

薄曇りの雲の切れ目から、午前中の日ざしが教会に降り注いでいた。それは美しい光景だった。たとえ、これが教会の裏側にどんとかまえている、結婚式場が商売のためだけに作った、言ってみれば芝居の書き割りみたいなインチキな教会だとわかっていても、娘たちがあこがれるのもなんとなくうなずける。

須崎豪紀の娘として、辛酸《しんさん》をなめてきたであろう本日の花嫁――両親の離婚後は鈴《すず》木優奈《きゆうな》、数十分後には結婚して今井《いまい》優奈になる――のことだ、一生に一度くらい、あこがれの教会であこがれの結婚式を意地でもまっとうしたくなる気持ちは、わからないでもない。

「長野、おまえさあ」

玉森が甘ったるい息を吐き、リクライニングを元に戻して起き直りながら言った。

「自分も結婚するときは、こういう教会がいいなあ、とか考えてただろ」

「考えてませんよ」

「最近は感極まって新郎が泣くんだってな。なんだかなあ」

「須崎の娘の結婚相手が、今日の式で泣くだろうってハナシですか。どんな男なんです？」

新郎は今井正弘《まさひろ》、二十七歳のシステムエンジニア。資料にあった写真は見ていたが、影の薄い優男、という印象を受けた。

有名な殺人犯の娘と結婚。言うのは簡単でも、なかなかできることではない。ネット社会になってから、この種の情報はどんなに遮断しようとしても広まるし、時がたってもネット上に残っている。ひとの噂も七十五日、とはいかない時代なのだ。

ひょっとして見た目とは裏腹に、案外肝が据わっているのかと思ったのだが、

「なんかこう、覇気も華もないタイプだね。父親は病気で一昨年死亡、母親は今井が

子どもの頃に男とカケオチ、家族の愛情に縁が薄い。いかにもアイツなら泣きそうだなあ。逆に、須崎の娘の優奈、アレは気が強いからね。亭主の首根っこ押さえて、自分のやりたいようにやるに決まってる。アレと一生連れ添うかと思ったら、オレでも泣くかもな」

先ほど優奈がシンプルなウエディング・ドレスを着て、教会に入っていくのを遠目に見かけたが、小柄で華奢、とてもそんな風には見えなかった。

「そうなんですか」

「刑事が女の見た目に騙されちゃダメだろ。考えてもみろ。父親が殺人犯ってだけでもずいぶんイヤな思いをするだろうに、そのうえ五千万の懸賞クビになったから、頭の悪い強欲な連中にやたらと身辺嗅ぎまわられたんだ。普通なら家裁に申し立てて名前変えるとか、せめて引っ越すだろ。けど、足立区の、高い頑丈な塀で取り囲むようにしたとはいえ、母親が親の代から住んでるぼろい木造の平屋の家に、この七年間、がんとして居座り続けてるもんな。さすがに新婚旅行から帰ってきたら、家を処分して別に新居をかまえるつもりらしいが」

「そうだったんですか」

「事件当初はパトロールを強化したり、いろいろやったもんだよ。窓割られたり、放火されかけたり、結局おふくろさん……須崎の元女房な、心労がたたって二年前にくも膜下で死んだもんな」

「玉森さん、優奈とはよく会ってるんですか」

言いながら、御子柴は教会に目を戻した。

今、なにか動かなかったか？

「担当だったからね。まあ最近じゃずいぶん下火になったけど、娘の家が火事になれば、須崎豪紀が現れるかもしれない、そこを捕まえて一攫千金《いっかく》、って考えるバカとか、元女房の葬式になら現れるかも、そこを……って考える恥知らずとか、いやってほど出てきたから。だけど、あの娘は強かったよ。たいていの女の子、いや、大の野郎でもびびりそうな目にあってんのに、うちは大丈夫です、それより警察にうろつかれると、やっぱり父が来るんじゃないかって勘違いされて困ります、なんつって門前払いを」

「玉森さん」

御子柴は遮って、教会脇の大木を指さした。

「男がいます。顔は見えませんが、隠れて教会の方をうかがってます。あの場所に、張り込み配置はしてませんよね」

「須崎か」

玉森はさっと身を起こした。

「わかりません。同年配だとは思いますが」

身長も須崎の一メートル六十九センチを、それほど大きくはずしてはいない。

ただし、そもそも須崎豪紀はいわゆる中肉中背、かなりの近眼という以外、これといった特徴のない普通の中年男だった。だからこそ、七年も逃げ延びているのだろうが。

「だけどアイツ、どこから来たんだ？」

ちらり、ちらりと顔や身体のはしを大木からのぞかせる男を観察しつつ、御子柴は首を捻った。周囲は水も漏らさぬ包囲網が敷かれているはずだ。

「んなこと、後で本人に聞けばいいだろ」

行くぞ、と聞こえたときには玉森はドアを開け、チロリアンハットを吹っ飛ばす勢いで、すでに数メートルも先を走り出している。御子柴は早口に無線で連絡を入れると、大急ぎで後を追った。

大木の陰の男は気配に気づいてよたよたと逃げようとした。この暑いのにカーキ色の長いコートを着込み、髪も髭《ひげ》も伸ばしたいかにも怪しい風体だ。動きが鈍いぶん、勘だけはいいとみえて、ひょいと玉森の手をかわし、植え込みの中へ飛び込もうとした。

しかし、次の瞬間、私服警察官の群れがどっと現れ、あっという間に男はその場にねじ伏せられた。

「こらあ、須崎豪紀」

避けられて頭に来たらしい玉森が、動けなくなった男の頭を一発、平手ではたいた。

「あっ。痛い」

「黙れ、観念しろ」

「ち、ちがいますって」

「往生際の悪い、ここをどこだと思ってんだ」

玉森の低音がとどろき渡り、男は抵抗をやめた。

「七年も逃げ回りやがって、どんだけあちこちに迷惑かけたかわかってんのか。娘の結婚式に泥塗りたくなかったら、おとなしく……あれ」

男をこづき回しつつ、気持ちよさそうに説教していた玉森は、あらためて男の顔を引き揚げて、しげしげと見た。

「誰だ、おまえ」

3

「だからさ、須崎豪紀が捕まってくんないと、ホントにオレ、困っちゃうんだよね」

取り押さえられた男は、ぺらぺらとまくしたてていた。

「犯人が全員逮捕されて、事件が完全に片づくまでは、懸賞金払わないってナリゲンの社長が言ったじゃないですか。けど、どうせすぐに逮捕されるだろうと思ったんだよね、だって、日本の警察って優秀じゃん」

加藤真《かとうまこと》、四十五歳。ホームレス。

三島浩次と川上準が逮捕される情報を提供した、あのホームレスである。

体つきや身のこなしは、須崎と同じ五十代後半に見えたのに、近くで見るとしわひとつなく、血色のいい丸顔で、実年齢より十歳は若く見える。殺気だった警察官でいっぱいの指揮車に座らされているのに、けろっとして、居心地良さそうに作りつけのソファに腰を下ろしていた。

現場の指揮車として、南軽井沢署の署長がキャンピングカーを手配してくれていたのだ。警察所有の指揮車ではめだちすぎるので、この配慮は本当にありがたかった。

玉森から軽井沢での張り込みを告げられたのが三日前。大あわてで四方に手配をおこなったのだが、その際、署長に、花園万頭の東京あんプリンを頼まれ、すばやく届けたのが功を奏したらしい。喜ぶべきことかどうか、我ながらこの種の対応が抜群にうまくなってきている。

しかし、残念ながら南軽井沢署の協力はここまでだった。

昨日の深夜、ある別荘のオーナーが愛人連れで遊びに来て、リビングの真ん中で爆睡している見知らぬ男女を発見した。警察を呼ぶの、割ったガラスや勝手に飲んだ酒を弁償しろの、もめたあげくに男女はオーナーを殴り倒して逃走した。

「一口に軽井沢の別荘と言っても、超高級なものから掘っ立て小屋レベルまで、さまざまなんですわ。バブルと長野新幹線の開通以来、価格があがって警備会社と契約する高級別荘が増えてはいますが、無防備で半ばほったらかしの別荘も多い。一軒一軒あたるのには、人手がいるんですわ」

南軽井沢署の署長は福々しい顔をほころばせ、警視庁は警視庁でやってね、とにおわせた。

御子柴に軽井沢の土地勘はない。ここで須崎豪紀を取り逃がして山狩りのような騒ぎになったら、結局、長野県警に負担がかかってしまう。そこをなんとか、ひとりだけでも応援を、と懇願したが、署長は首を縦に振らなかった。逃がさなきゃいいじゃないか、というわけだ。

で、捕まえられたと思ったら……胃が痛くなりそうだ。

「須崎のひとりくらい、さくっと逮捕してくれるって、オレ、信じてたんだよ。優秀な警察の中でも、天下の警視庁が指名手配したんだしさ。そしたらもらった懸賞金で、逮捕してくれたお巡りさんにラーメンくらいおごってもいいと思ってたんだよ。なのに、ぜんっぜん、つかまらねーんだもんな。ダメじゃん警視庁」

加藤真はカーキ色のコートに手を突っ込んで、脇の下をぼりぼりかきながらしゃべり続けている。玉森のこめかみに青筋が立った。

「ほう、そうか、そりゃあ迷惑かけて悪かったなあ。で、なにか？　おまえはこの七年ものあいだ、いつか懸賞金が濡れ手に粟《あわ》で入ってくると楽しみにホームレスを続けてたのか。それで、須崎豪紀を捕まえるために東京から軽井沢まで歩いてきたってか」

「そうだよ。あんたらのせいで金ないし。歩くよりほか、しかたないじゃんかよ」

玉森の顔が紅潮した。

「なにがオレたちのせいだ。てめえが怠け者だからじゃないか。まだ四十代でそれだけ体力あるんだったらな、いつ入るかわかんない懸賞金なんかあてにしねえで、ちっとは真面目に働いたらどうなんだ」

「オレだって、そうしたいと思わないわけじゃないけどさ。金貸されちゃって、そうもいかなくなったんだよ」

「なんだ、金貸されちまったってのは」

「刑事さん。あんたが思ってるより、世の中って恐ろしいトコなんだよ」

加藤真はしみじみと言った。

「オレが情報提供者だってハナシ、あっというまに広まってさ。あっちでもこっちでも金貸してくれってみんながたかってくるようになってさ。そりゃ、五千万を誰と山分けするんでも、運が良ければ二千五百万、人数増えても一千万くらいは手元に入りそうなやつが身近にいたら、オレだって金貸せくらいのことは言うよ。だから、それはわかる。でも、持ってないもの貸せないし、なんだかんだ言って逃げ回ってたんだけどさ」

加藤は鼻をすすった。

「一度なんか、知り合った社長が親切なひとでさ。住むところと仕事も世話してくれて、家族同然にしてくれて。ああ、いいひとだなあ、この人のためならがんばって働こうって思ってたのに、あるときいきなり土下座されたんだよ。ナリゲンの懸賞金を担保にどっかから金借りてくれって」

「それは、キツイな」

「逃げるしかなくなって、ホームレスに戻ったけど、結局、多摩川《たまがわ》の河川敷近辺締めてる顔役に捕まって、断ったのにナイフつきつけられて、無理矢理三十万円握らされて借用書に拇印《ぼいん》押させられたんだよ。それで、利子がかさんで、今は借金総額五百万だって。早く払わないともっと増えるって脅されてさ」

「多摩川の顔役がねえ」

玉森は顎を撫でた。

「そういうのって違法な利子なんじゃないのって言ったら、だったら司法書士にでも相談しやがれって鼻で笑われてさ。あれはさ、知ってんだよ。誰にも話したことなんかないのに。オレが仕事も家族もなくして、鳩の糞まみれのベンチの裏で寝起きするようになったきっかけが、司法書士の先生の奥さんとのイッパ……」

無線がやかましい音を立て、全員が加藤真をそっちのけにして聞き耳を立てた。教会裏に不審者接近、と聞き取れた。

「教会裏だ、急げ」

キャンピングカーを飛び出そうとする玉森のスーツの裾を、御子柴は慌ててつかんだ。

「玉森さん、ここが教会裏ですよ」

言いながら窓越しに外を見た。東側の小径に、人影があった。季節はずれの長いコートを着込み、帽子とマスクとサングラスで顔を隠し、中腰で、そろそろと教会に近づいてくる。

「須崎か」

「顔は確認できません。須崎より若く見えますが……って、ちょっと玉森さん」

「行くぞ」

確認するまもなく、玉森が飛び出していく。キャンピングカーに詰め込まれていた男たちも、一斉に、不審者めがけて飛び出していった。

「こら長野。おまえ、須崎だなんて言いやがって」

確保した不審者をキャンピングカーに連れてくると、玉森は御子柴を怒鳴りつけた。

いや、言ってません。

「どっからどう見ても須崎じゃない。ていうか、まだ子どもじゃないかよ」

マスクとサングラスをはずさせると、子どもは言い過ぎにしても、二十歳そこその若者が現れた。不機嫌そうに顔を歪め、加藤と並んでキャンピングカー据え付けのソファに腰掛けている。

「名前は？」

「ある」

「いや、そりゃあるだろうけどさ。なんて名前なのか教えてくれよ」

若者はぼそぼそとなにか言った。隣に座った加藤真が、若者の頭を軽くはたいた。

「おまえさあ、もっとはっきりしゃべれよ。聞き取れねーじゃんかよ」

若者は黙ったまま、財布を取り出して投げてよこした。小銭以外の現金なし、キャッシュカードにデビットカードが一枚ずつだけ、レシートすらないという、殺風景な財布であった。

キャッシュカードの名義はカキヌマショウゴとあった。

「カキヌマって、きみまさか、須崎豪紀に殺された柿沼東吾さんの身内？」

「息子」

柿沼祥吾《しょうご》は口の中でぼそぼそ言った。

「息子さん。が、ここでなにをしてるんだ？」

「オヤジ、殺したやつ」

「えーと、それは須崎豪紀のことかな？」

「そう」

「須崎豪紀がここに現れると思ったわけだ。それで？」

「待つ」

「あー、待って、現れたら、父親の柿沼東吾さんの仇《かたき》をとるつもりだったのか」

「てか金」

「金？」

「あー、もう、まだるっこしい」

玉森剛と加藤真が異口同音に大声をあげた。

「ぶつぶつしゃべってないで、はっきり言えはっきり」

「そうだそうだ。こっちはこれでやっと懸賞金がもらえると思ったのに、おまえのせいでとんだがっかりなんだ」

「申し訳ないと思ったら、てきぱきしゃべれ」

なぜか仲良くテンションをあげてきたふたりを制し、御子柴はなんとか柿沼祥吾から話を訊きだした。

七年前、柿沼家は大黒柱の父親を失っただけでなく、ナリゲンから五千万円の香典をもらったことから、周囲とさまざまな軋轢《あつれき》が生まれた。五千万は妻子ではなく自分たちがもらうべきだと柿沼東吾の両親や兄弟が主張するわ、そこへ柿沼東吾の大学時代の親友と称する弁護士が仲裁してやると割って入ってくるわ、東吾の会社が、昼休み中に本人が勝手に犯罪に巻き込まれて会社にも迷惑かけたんだし、五千万ももらえたんだし、慰労金や弔慰金の支払いはいらないよね、と言い出すわ。

学校でもいろいろあって、祥吾自身も不登校になり、結果引きこもりになってしまったという。

泥沼の果てにぶち切れた東吾の妻で祥吾の母親は、どいつもこいつもやかましいわ、とわめいて五千万をナリゲンにつっかえしてしまった。以来、父方の親戚とは絶縁状態、母親はひとりで働いて生計をたてているのだが、あの五千万さえあれば、母親はもっと楽ができたはずで、だけど母親の気持ちもわからないではないし、となると母親を助けるために新たに金を稼ぐとすれば、

「須崎豪紀を捕まえて懸賞金の分け前にありつこうと思ったのか」

「そう」

柿沼祥吾はぼそぼそと答えた。玉森がチロリアンハットをもみしだきながら、いらいらと言った。

「あのなあ、おまえ、母親を助けるってそういうことじゃないだろ。これでおまえが懸賞金もらって親が喜ぶと思うか？　またナリゲンにつっかえすのがオチなんじゃないのか。こんなとこまでやってこれたってことは引きこもりも治ったんだろうから、これからは仕事探してさあ」

教会の鐘が鳴り響き、その場にいた全員が飛び上がった。

4

教会の扉が大きく開き、新郎新婦がにこやかに現れた。大勢の参列者が口々にお祝いの言葉をかけ、米や花がふたりに注がれる。

ザ・ウエディング、といわんばかりの光景に、教会の表の車に戻った御子柴もしばし見とれた。

「あれでいくらくらいかかるんすかね」

後部座席で軽井沢プリンをむさぼり食べつつ、加藤真が言った。

「オレのときは東京の結婚式場のパックだったからなあ。費用は全部女房の親持ちだったし、いくらだったか知らないんだよね」

「その女房を司法書士の人妻ひとりで放り出したのか、おまえは」

玉森剛が軽井沢プリンの、おそらく十二個目を食べながら言い返した。

「そんなひどい男に見えるか。オレが放り出されたんだ」

「えばって言うことか。なあ、長野」

そんなことより、なぜここにこいつらがいる。

加藤の隣には柿沼祥吾がいて、玉森から渡されたプリンをぼそぼそと食べていたが、ミラー越しに御子柴と目が合うと、例によって一言、言った。

「客」

「多い」

「多いって、なにが」

御子柴は参列者に目をやった。華やかなドレスに身を包んだ花嫁と同年配の女性たちに、新郎の友人だろうか、あまり着慣れない感じのスーツ姿の男たち。親戚らしい留め袖式服に身を包んだ年配の一団に、子どもが二、三人。しめて七十人はいる。

殺人犯の娘が盛大な結婚式をあげても不思議はないが、諸般の事情を考えると、事件以降の人間づきあいは限定されていただろう。おまけに双方の親はすでにいないから親がらみの招待客もないはずだ。言われてみれば確かに思った以上に盛大だ。

「ああ、ありゃ半分は仕出しだよ」

玉森がそっけなく言った。

「式場に頼むと、五人でいくらって割合で、招待客をよこしてくれるんだ。本当の友人や親戚が呼べないときに、体裁を整えるために必要になるんだな。優奈がそいつを頼んだって聞いたんで、式場側に頼んで、うちの捜査員ももぐりこませてある」

「なんだ、サクラですか」

ひとの輪の中心で満面の笑みを浮かべている花嫁が、なんだか急にかわいそうに思えてきた。とにかく、今日の自分の姿を「誰がみたって幸せ」にしたい。たとえ形ばかりであろうが。その一心、ということなのか。

「半分サクラってことは、親戚とかもサクラってこと？」

加藤真がべろべろとスプーンをなめながら、言った。

「ま、親しくつきあってる親戚はほとんどいないみたいだからな。優奈のほうもだが、今井正弘の側にも、死んだ父親の弟夫婦くらいしかいないらしい」

「だけど、招待客の水増しって、ふつうはどっちかとの釣り合いとって体面を保つためじゃん。両方がサクラってバカバカしくない？　それくらいなら地味で少人数の式にすればいいのに。金もかからないしさ。見栄はっちゃって」

おまえが言うことないだろう、そう思ったとき、柿沼祥吾がぼそりと言った。

「須崎」

「須崎豪紀が、どうした」

「来やすい。人数、多い方が、まぎれこむの」

玉森と御子柴は顔を見あわせ、ライスシャワーが一段落した一行を念入りにチェックし始めた。

「あの右端。長い黒いコートの」

玉森が言った。見ると、あきらかに身体にあっていないだぶだぶのコートを着た人物が、集団の端の方から新郎新婦を凝視している。

「いたか、あんなやつ」

「いたと思うよ。うん。絶対にいた」

加藤真がのんびりと言い、御子柴は双眼鏡を目に当てた。

「教会に入っていくのは見ていませんね。ただ、須崎豪紀より背が低い気が……って、玉森さん」

「あっ、ちょっと刑事さんっ」

車から飛び出した玉森を加藤が追いかけていく。無線を入れると御子柴も続いた。

空振り続きで玉森もかなり頭に来ているらしい。結婚式の一行にはできるだけ気づかれずに確保する、という暗黙の了解が、完全に頭から吹っ飛んでしまっているようだ。

「玉森さん、落ち着いてください、玉森さん」

マズイぞ。いくら逃亡殺人犯の逮捕のためでも、その娘の結婚式を台無しにしたなんてことになったら訴えられかねない。

一行に近づくと、玉森はにわかに歩調をゆるめた。とってつけたような笑顔で、誰彼かまわずに「おめでとう、おめでとう」と挨拶しながら、コートの人影にぐいぐい近づいていく。祝われた方は、ショートパンツのチロリアン男にけげんな表情を浮かべながらも、道をあけている。

先回りをしようとして、木立の裏にまわったとき、側溝の蓋《ふた》に足をとられて転んだ。おかげで御子柴が追いつく頃には、玉森はすでに黒いコートの人影の腕をつかんでいた。相手は無言のまま腕を振り払って逃げようとし、玉森は離さず、ふたりはもみあいになった。さすがに結婚式の一行も、この不穏な雰囲気に気づいたらしい。笑い声がやんで、あたりは静かになった。

そのときには、玉森の下に他の捜査員が数人、駆けつけてきていた。ぐるっと取り囲んで、連れ出そうとする。事情を知っているらしい誰かが、

「あれって、優奈のお父さんじゃないの」

「って、ひとを殺して逃げてるって、あの？」

などと、ささやきかわしているのが聞こえてきた。

御子柴は慌ててウエディング一行に向き直った。

「あ、申し訳ありません。このひとは昨日、この近くで起こりました別荘荒らしの容疑者でして。せっかくのおめでたいときに、お騒がせを」

背後で悲鳴があがった。振り向くと、玉森が黒いコートを手にぼうぜんと立ちすくんでおり、コートの人物のほうは……。

御子柴は目を疑った。不審者は一糸まとわぬすっぽんぽんになっていた。

その場にいた全員が動きを止めた。

突然、新郎が新婦と組んでいた腕をほどき、こちらにむかって走ってきた。新郎は

人影に向かって叫んだ。

「お母さん！」

「こら、長野。須崎だなんて言いやがって」

一悶着の末、結婚式場の控え室に陣取ると、玉森は御子柴の耳元で嚙みつくように言った。

だから、言ってませんって。

「須崎豪紀とはまったく似てねーじゃないか。ていうかよく見たらコイツ、女じゃないか」

「女で悪かったわね。なによ、アンタたち、裸を見たくせして男と女の区別もつかないの。失礼じゃないの」

女は汗を拭きながら、ふてくされたように言った。避暑地とはいえ、六月に分厚いウールのコートを着ているわけで、相当に暑いらしい。

女の脇には新郎がべったりと寄り添っていた。予想通りというか、予想を裏切って、新郎は披露宴の前から滂沱《ぼうだ》の涙にまみれている。新婦はといえば仏頂面で控え室の片隅に陣取り、結婚式場の係員がやたらと世話を焼いていた。「なにがなんでもおめでたくなければならぬ」結婚式にアクシデントは付き物だろうが、ここまでややこしいケースはめったにないだろう。

「それではあらためてお尋ねしますが、あなたは新郎・今井正弘さんのお母さんで、現在の名前は山埜幸子《やまのゆきこ》さん、ですね」

「そうよ」

「で、今日は息子さんの結婚式に出席するためにいらっしゃった」

「別に出席するつもりなんかなかったわよ。招待されてないからね」

「ごめんね、お母さん。お母さんがどこにいるかわからなかったから招待できなかったんだよ」

しゃくりあげる新郎の手を、山埜幸子は軽く叩いてやって、

「いいのよ。しかたないもの。アタシは十五年も前に、この子を置いて家を出た身なんだ、いまさら新郎の母でございます、なんて顔をする気もなかった。ただ、偶然、この子が結婚することを知ってしまってね。息子の晴れ姿を一目だけ見たくなった。見るだけで黙って立ち去るつもりだったんだ」

「お母さん」

しんみりとした空気が漂い、御子柴は咳払いをした。

「えー、それにしても、率直に言って、結婚式という格好ではないように思いますが」

裸にコート。変質者か誘惑者のスタイルだ。

山埜幸子は息子が渡したティッシュで涙を拭いていたが、やがてくすくす笑い出した。

「だって、しょうがないじゃないの。急に来ちゃうんだもの。おまけに加藤が相手殴っちゃうし、とりあえず、手元にあるもの羽織って逃げ出すしかなかったのよ。加藤はいいわよ、ズボン穿くヒマはあったんだから。アタシなんか、毛布代わりにしてたこいつを着るのが精一杯よ」

「……は？」

なんの話だ。

「だけど、言っておきますけどね、刑事さん。アタシはこの子を一目見たら、その足で出頭するつもりだったのよ。加藤だってそれには協力するって言ってたくせにさ。あいつがどう言ったか知らないけど、ここで一泊しようって言ったのも、ガラス割って鍵開けたのも、お酒やなにか勝手に飲んだのも、全部加藤の仕業だから」

ちょっと待て。

「では、昨日の深夜、別荘を荒らしたうえやってきたオーナーを殴って逃走したのは、あなたと……それから、加藤真だと？」

「はあ？　なに言っちゃってんの、刑事さん。アンタ自分で言ってたじゃないの。別荘荒らしの容疑者だって。バレたんならしかたないと思って、ちゃんと観念したでしょ、アタシは。なのにムリヤリ引っ張るからコートが脱げちゃったんじゃない」

言いましたけども。

それは須崎豪紀の名前を出して、結婚式を台無しにしないための方便だったんですけども。

うわー。

気づくと加藤の姿はない。玉森に目顔で指示されて探しに行った捜査官が戻ってきてクビを振ったところから察するに、山埜幸子の確保を見届けると自分は逃げ出したのだろう。そういえば、加藤はしきりと山埜幸子は結婚式一行の中に前からいたと言い張っていた。

「じゃあさ。アンタと加藤真、どういう関係なんだ」

「別にカンケーってほどでもないわよ。大宮から高速に乗ろうとしてたら、軽井沢までって段ボールに書いてかざしてるアイツがいたから乗せてやっただけ。予約してたホテルの前で下ろすつもりだったけど、ホテルに着いたら正弘ちゃんがいるじゃない。顔を合わせるわけにはいかないし、だから電話でキャンセルしたんだけど、他のホテルはどこも満室で。車で寝ようかとも思ったんだけど、このトシになるとさすがにね。そしたら加藤が知り合いの別荘がある、勝手に入ってもあとで謝れば大丈夫だ、なんていうもんだから」

それで全裸になり、見つけたコートを毛布代わりにしてリビングの真ん中で……などという詳細は、さすがに息子の前では訊けなかった。

5

南軽井沢署に連絡して、山埜幸子を引き取りに来てもらい、加藤真の人着《にんちゃく》を詳しく説明して手配を頼んだ。念のため、教会の木立の裏の側溝を見てくれ、と言うと、南軽井沢署の係員は妙な顔をしていたが、じきに、式場の控え室にまで、教会表の大騒ぎが聞こえてきた。加藤真が木立のなかから突然に湧いて出たのは早い時間帯からあそこに隠れていたからではないか、と目星をつけたのがアタリだったようだ。

控え室には玉森と御子柴、花嫁だけが残った。化粧直しを終えてなお、優奈は花嫁とも思えぬほどぶすくれていた。

「刑事さん、玉森さんでしたよね。以前にも父の件でお会いしたことがあります。警視庁捜査一課の刑事さんですよね」

優奈はとげとげしく言った。

「前にも言いましたけど、いくら父を逮捕したいからって、家族のまわりを嗅ぎまわるのやめてもらえません？　身内に殺人犯が出たからって、わたしたちの人権がなくなるわけじゃありませんよね」

「いやだなあ。私ら別荘荒らしの犯人をですね」

玉森が空々しい声をあげるのを、優奈は遮って、

「あら、警視庁のひとが長野の別荘荒らしを捜査？　それって都民の税金の無駄遣いなんじゃないかしら」

鼻を鳴らした。

「妙なごまかしやめてもらえません？　警察だからってなにをしてもいいわけない。結婚式くらい遠慮するのが常識でしょう。父が逃亡犯でも家族には関係ないんです。なのにえんえんと家族の身辺うろついて。二年前、母が死んだのもあんたたちにうろつかれてストレス溜めたからよ。いますぐ、この場から全員出て行ってください。さ

もないと警察を訴えます。慰謝料請求しますからそのつもりで」

なるほど、はんぱない気の強さだ。こんな女性と一生連れ添うはめになったら、自分も泣くかも。

もっとも、優奈のような状況に追い込まれたら、イヤでも気が強くなるだろうなあ。

「アンタの言ってるのは一見、正論に聞こえるがね。アンタの親父に殺された柿沼東吾さんの遺族にそのセリフ、言えるのか。犯人が逃げおおせていることで、遺族は無意味に苦しめられてるんだぞ。ここに来てるんだよ、呼んでやろうか」

玉森の逆襲に、優奈はひるんだような顔になったが、すぐに立ち直って、

「わたしは被害者遺族を訴えるなんて言ってませんから。それに、遺族だからって、何の罪もないわたしの結婚式、ジャマする権利なんてありませんよね。とにかく、いますぐ出てってください。これ以上粘ったって父はもう現れませんよ」

「アンタ、優奈さんよ。アンタのツイッター見たよ。結婚式を軽井沢で挙げるって、やたらに宣伝してるの、須崎豪紀へのメッセージだろ。返信のなかに盗難にあったスマホからのお祝いメッセージもあった。あれ、須崎豪紀からなんじゃないのか。サクラ集めて盛大な結婚式にしたのも、須崎豪紀がまぎれ込みやすい環境を作るためだっ

たんだろ。要するにアンタら親子は連絡を取り合ってた。自分の都合ばかり並べ立てるのは、親父を出頭させてからにしたらどうなんだ」

青筋立ててわめきたてる玉森に向かって、優奈はにやりと笑ってみせた。

「刑事さんの言ってることが正しいとして、だからどうなんです？　娘が親をかばったって罪にはならないんですよね」

優奈はブーケの中からカードを取り出して、テーブルに置いた。クリーム色のシンプルなカードには一言〈おめでとう　父〉と書かれていた。

「あっ、これ、どこにあったんだ」

「教会の控え室の窓のところに立てかけてあったの」

「これ、須崎豪紀の……？」

「さあ。それを調べるのはそっちの仕事でしょ。あげるから筆跡を調べてみれば。それにしても警察って無能よねえ。今朝早くから大勢で密着してるのに、父が来たことに気づかないなんて。税金泥棒もいいとこだわ」

勝ち誇ったような笑みを見せて、優奈は堂々と控え室を出て行った。

新幹線のデッキに出ていた玉森剛はケータイを閉じながら隣の席に戻ってきた。

「メールでカードの写真を送っておいた鑑識からの報告だがな、あの筆跡は須崎豪紀のものに間違いないそうだ」

御子柴の身体がぐらりと揺れたのは、長野新幹線のせいばかりではなかった。

「では、やはりあの場に須崎豪紀が来ていたということになりますか」

念のため、招待客（本物もインチキも）や結婚式場の係員など、およそ須崎の可能性がありそうな人間全員を再チェックしたが、須崎豪紀は見つからず。それらしい人物を目撃した人間もいなかった。不特定多数の、大勢の人間が出入りしていたのだ。よほど結婚式にふさわしくない格好でもしていないかぎり、気づかれなくても不思議ではない。

「断言はできないけどな。以前に受け取っておいたカードを、優奈が出してきただけかもしれん」

「なんでそんな真似を」

「なんでって、わかるだろ」

玉森は軽井沢駅で買いこんだ、峠の釜めしを食べ散らかしながら言った。

「いやがらせだよ、いやがらせ。あの女のこった、ツイッターであれだけ大宣伝すれば、オレたち警察も張り込みに来る、それくらいの見当はついてたろうからな」

「だったら宣伝しなきゃいいのに」

「加藤真が言ってたとおりだ。見栄はったんだよ。くそっ」

釜めしを食べ終えると、玉森は花豆赤飯を取り出した。南軽井沢署にキャンピングカーを返しに行き――ついでに、署長からやんわりと皮肉を言われ――、今度はレンタカーを返すために駅まで戻ろうとしたとき、玉森に拝み倒されるようにして旧軽銀座の柏倉《かしくら》製菓まで寄り道をさせられた。花豆赤飯はそこで買いこんだのだ。

ふっくらとやわらかく炊きあがった花豆がもち米をほんのり甘くして、それはおいしい赤飯だったが、本来ならそんなもの買いにいっている場合ではない。大勢で遠出してよその縄張りに踏み込んだあげく、無関係の人間を三人も捕まえ、しかもひとりは犯罪者だったのにそれと気づかず張り込みに同席させ、プリンまで食べさせた。で、結局かんじんの須崎豪紀は、捕らえるどころか確認もできなかった。

ヘタしたら玉森さんの責任問題になるな、と御子柴は思った。須崎豪紀は軽井沢近辺にまだとどまっている可能性があるから、そのための手配はすでにすませた。当然、玉森は須崎逮捕まで長野にとどまると言い張ったのに、上からの命令で帰京を余儀なくされたのだ。通話の様子から見て、帰ったらとんでもないお叱りを受けるに違いない。

一瞬、玉森を気の毒に思ったが、自分の立場も思い出した。長野県警南軽井沢署が協力しなかったからこんなことになったんだ、などと言われないようにしなくてはならない。長野県警の、誰か刑事部のえらいひとから、須崎豪紀逮捕に向けてこちらでも最大限の協力をしています、という電話を一本、警視庁の、誰か刑事部のえらいひとにしてもらっておかなくては。警視庁側から、長野県警のご協力を感謝します、の一言を引き出せばオッケーだ。

誰がいいかな。長野県警の刑事部参事官はキャリアで、たしか警視庁刑事部の誰かと同郷で、先輩だったっけ。

思いをめぐらせているうちに、自己嫌悪が襲ってきた。

こういうのって、政治だよな……。

せめて玉森には今だけでも、花豆赤飯くらい、思う存分食べさせてやろう。そう思い、新幹線のドアの上に出る電光掲示板のニュースをぼんやり眺めていた御子柴は、次の瞬間、飛び上がった。

「た、玉森さん」

「なんだよ、食事時にうるさいな、長野は」

「あれ」

電光掲示板には、御子柴を驚かせたニュースが再度、流れた。

安売りで知られるスーパーチェーン・ナリゲンが会社更生法を申請。事実上の倒産。

「な、なんだありゃ。おい、懸賞金はどうなるんだ」

「知りませんよ」

「ははは、加藤のヤツ、懸賞金とりそこねてやがんの。ざまみろ」

けたたましく笑う玉森に、御子柴はあきれた。気持ちはわかるが、ひどくないか。

「借金はどうなるんです、借金は。加藤真は多摩川河川敷の顔役に、利子を含めて五百万貸されちゃってるんでしょ」

「それはまあ、どうにかしてやれるよ。ここだけの話、多摩川河川敷周辺を締めてるホームレスの顔役っていやあ、公安部のスリッパだからな」

「スリッパ?」

「あ、違った。スリーパー。工作員。って、そんなこと言ってる場合じゃなかった。マズイ。なんてタイミングだ」

玉森は頭を抱えた。

「これで例の須崎豪紀の事件がマスコミに蒸し返されるぞ。今回、須崎を逮捕できなかったことも、大々的に報道されちまう。長野よ、オレはクビだ。八丈島《はちじょうじま》に島流しだ」

「軽井沢の件はまだ、マスコミには漏れてませんって」

「優奈が漏らすに決まってんだろ。それも盛大に流しやがる。ああ、畜生。オレは終わりだ。こんなことなら軽井沢に居座ればよかった。いろいろあきらめたんだぞ。フランスベーカリーのメレンゲとか、万平《まんぺい》ホテルのアップルパイとか、ミカドコーヒーのモカソフトとか」

かける言葉も見つからない、と思ったその時、ケータイが鳴った。これ幸いとデッキに出た。

「お久しぶりです、小林《こばやし》警部補」

「お元気ですか、御子柴くん」

松本署時代の、懐かしい上司の声だった。

「いえね、御子柴くんが軽井沢にいるって話を耳にしたものだから、連絡してみたんですが、どうやらもう新幹線の中みたいですね。軽井沢にいるんなら、東京のアレを手配しろとかコレを買って送れ、みたいなのはないでしょうけど、また理不尽におやつに振りまわされてるんじゃないかと思いましてね」

そうか、今回はひどい失敗だったわりに疲れていないと思ったら、それがなかったんだ、と御子柴は思った。

「そっちは大丈夫です。それより事件がたいへんなことになってまして」

松本署にいたときには、よく小林警部補と事件について語り合ったものだった。いま思えば、あれはかけがえのない時間だったのだなあと思いつつ、御子柴は須崎豪紀事件のいきさつを話した。

「……そんなわけで、捜査一課の主任が青くなってましてね。まさかナリゲンが倒産するとは思いませんでしたよ。銀行嫌いなんだから負債はないと思ってたけど、どこか変なところから借りてたんですかね」

「ひょっとしたら計画倒産かもしれませんね。こちらのニュースでは成田源三社長は行方不明だそうですよ。ドケチっていうからには有り金持って逃げたのかも。いや、そんなことより」

小林警部補はうーん、とうなった。

「お祝いのカードの件ですがね。筆跡だけじゃなくて、紙やインクの鮮度っていうのも調べた方がいいかもしれませんね」

「鮮度ですか。いや、だけど、あの場ではなくて少し前に渡されていたとしても、たとえば三日前とかではわからないんじゃないですか」

「そりゃそうですよ。でも、何年もたっていればわかるでしょう」

「小林さん。ひょっとして、なーんか変なこと思いついちゃってませんか」

「はい、実は」

小林警部補が頭をかく仕草が目に浮かんだ。

「あのですね、須崎豪紀の娘は放火や嫌がらせやら、ご近所の噂やら、いろんなことに苦しめられながらもずっと同じ家に住んでたんですよね。でもって、家を塀で囲んで守りを固め、刑事にも門前払いを食わせた」

「ええ」

「かなり気の強い女性だってことはわかりますが、それだけではなく、そもそも今回の結婚式には、いろいろと違和感がありましたよね。必要もないのにお金を余分に出してまで大人数をそろえ、場所もわざわざ軽井沢、ツイッターで大宣伝。それにより、警察はもちろん賞金稼ぎや被害者の遺族まで呼び寄せてしまうことになった。おめでたい席に招かれざる客を自ら呼び込むなんて、気の強さだけでは説明つきませんよ。で、大山鳴動して、結局出てきたのは、須崎豪紀の手書きのカードが一枚だけです」

「そうなりますね」

別荘荒らしも出てきたが。

「これではっきりしたのは、つまり、須崎豪紀は生きて、逃げ続けている、ということだけです」

「はい……」

「ホントにそうなんでしょうかね」

「だって前日に、娘が窓越しに須崎と話しているのを結婚式場の係員が……あっ」

「相手のことは全く見てませんよね。だったら娘の一人芝居で充分いけますよ」

御子柴は思わず身体を起こした。

「まさか小林さん、須崎豪紀はもう死んでいると？　そしてそのことを娘の優奈は知っている、そういうことですか」

言いながら、御子柴は考えた。ただ死んでるってだけなら隠すわけがない。須崎豪紀が死んでしまえば懸賞金騒動も終わるからだ。犯人が死ねば加害者側への風当たりもずいぶん和らぐだろう。むしろ広めたくなるはずだ。だとすると。

高い塀に守られた家。門前払いされた刑事。七年もたてば、遺体は白骨化して処分もずいぶん楽になる……。

「七年前の事件直後に、須崎豪紀は別れて暮らす妻子を訪ね、そこで殺された。そのことを隠すために優奈が一芝居打った。カードにはひとことおめでとうとあるだけだから結婚のお祝いとはかぎらない、進学のお祝いとか誕生日かもしれない。そんな昔のカードと、盗んだスマホで須崎豪紀が生きているように偽装した……そういうことでしょうか」

「ま、何の証拠もありません。ただの憶測です。勢い込んで警視庁のひとに話したりしちゃダメですよ。御子柴くんが恥をかいちゃうかもしれないから。でもね」

小林警部補が言った。

「須崎の娘はわざわざ自分からカードを見せたんですよね」

6

数日後、足立区の平屋に人骨があるという通報が、所轄署の刑事のケータイ電話にかかってきた。

通報は公衆電話からで、男は自ら泥棒と名乗り、須崎豪紀の娘の住んでいた家に盗みに入ったが骨を見つけてしまった、おそろしい、早く成仏させてやってくれ、と早口に告げると電話は切れた。

なにしろ有名な家だ。刑事が駆けつけると、塀が大きく破られ、窓も割られていて、いかにも非常事態である。そこで屋内を捜索すると、部屋の真ん中に置かれた段ボール箱に人骨が入っているのが見つかった。検屍の結果、人骨は須崎豪紀のものと歯形が一致、死亡時期は五年から八年前、死因は頭蓋骨《ずがいこつ》骨折が原因の外傷性硬膜外血腫の可能性が濃厚だとされた。

新婚旅行から帰ってきた鈴木優奈——法律上は、まだ、今井優奈にはなっていなかった——は、観念したように、すべてを自供した。人を殺したと言って突然現れた須崎豪紀と、二年前に死んだ母親が争い、母親が須崎を殴り殺してしまった。そこで床下に埋め、知らん顔で暮らしていたが、時間がたち、結婚も決まって先日掘り起こしてみると、遺体はすっかり骨になっていた。これなら処分できる。海にでも散骨しよう。

しかし、なにかのはずみで須崎の骨が見つかって、七年前の母親の殺人がばれたらどうしようと不安になり、父親がまだ生きているようにみせかけることを思いついたという。

殺したのが母親なら、そこまで隠し通す必要があるとも思えない。ホントは父親を殺したのは優奈本人なのではないか。ただし本人はその点について頑強に否認している、と玉森は言っていた。

事件を解決してくれたも同然のありがたい泥棒は、まだ、捕まってはいない。新幹線の中で小林警部補の推理を聞かせたことや、目撃者によればその泥棒は頭がでかく、身体がひょろっとして、まるでモヤシのような体型だったということなどから、思いあたるフシがないわけでもないのだが。

すべてが一段落した頃、クビどころか事件解決ということになった玉森が、軽井沢プリンを大量に取り寄せて、御子柴の所属する捜査共助課に置いていった。珍しいこともあるもんだ、と同僚たちと軽口をタタキながら、御子柴もひとつ、食べてみた。やわらかく贅沢《ぜいたく》で濃厚で、昭和のプリンとは別物でも、幸せが口のなかに広がる。

さすがだ。これはうまいわ。

解説

山前　譲

「甘味」は、「塩味」「酸味」「苦味」「うまみ」とともに、味の五種類のひとつに挙げられているが、なんでも脳内の心地よさを感じる部分を刺激して、「β－エンドルフィン」というホルモンを分泌させるそうだ。「β－エンドルフィン」はストレスをやわらげ、心身をリラックスさせ、快感をもたらす作用があるホルモンとのことである。なるほど、いったん食べ出すとなかなか止められないわけだ。本書にはそんなホルモンの分泌を促すミステリーが五作収録されている。

和菓子と日常の謎との組み合わせで、〈甘味〉ミステリーに新しい世界を切り開いたのは、坂木司「和菓子のアン」（光文社文庫『和菓子のアン』収録）だ。

主人公の梅本杏子は何の特技もないけれど食べることは大好きである。そして高校を卒業し、デパ地下の和菓子屋でアルバイトとして働きはじめ、そのお店、『和菓子舗・みつ屋』で彼女は和菓子の奥深い世界を知るのだった。そして謎解きの世界にも足を踏み入れていく。

　この短編にはじまる杏子のシリーズは、『アンと青春』、『アンと愛情』、『アンと幸福』と書き継がれている。いずれも短編連作で、和菓子の蘊蓄をちょっと自慢したい向きには格好のシリーズだろう。

　坂木作品には、ショートケーキをテーマにした連作『ショートケーキ。』、あるいは高校の「おやつ部」のメンバーを主人公にした『うまいダッツ』といった〈甘味〉ミステリーもある。そのほか作品のそこかしこでも、食にまつわる話題が楽しめる。

　和菓子といえば上田早夕里『ショコラティエの勲章』が老舗の和菓子店〈福桜堂〉の神戸支店で売り子をしている絢部あかりが主人公の連作だが、不思議な万引き事件がきっかけで、二軒隣りの行列が絶えないショコラトリー〈ショコラ・ド・ルイ〉のシェフの長峰と親しくなる。和菓子と洋菓子のコラボが楽しめるだろう。上田作品では『ラ・パティスリー』にもやはり神戸のフランス菓子店《パティスリー》が登場する。大平しおり『リリーベリー　イチゴショートのない洋菓子店』や秋目人『ショコラの王子様』も洋菓子店をめぐるちょっとミステリアスな物語だ。

　フランスのストラスブールで日本で修業したフランス人女性が、和菓子店を開いているそうだ。「Wagashi」が英語圏の辞書に載る日も来るだろう（もう載っている?)。ただ総務省の家計調査によると、日本国内では、洋菓子の家計支出は右肩上がりなのに、和菓子のほうはあまり芳しくない。低脂質でヘルシーなのだが……。

スイーツ男子という呼称が広まったのは二〇一〇年代初頭らしい。コンビニで気軽に買えるようになったのも影響しているようだ。ただ、手作りする域まで達するスイーツ男子はどれくらいいるだろうか。そのハードルはなかなか高いように思う。

友井羊「チョコレートが出てこない」(集英社文庫『スイーツレシピで謎解きを推理が言えない少女と保健室の眠り姫』収録)の天野真雪は、高校生にして手作り派のスイーツ男子だ。その知識とこだわりには圧倒される連作の第一話である。その真雪に密かに好意を寄せているのが沢村菓奈だ。彼が作ったチョコレートが家庭科準備室から消えた謎を解く第一話に続いて、スイーツにまつわる事件が語られていく。

カトルカール、シュークリーム、フルーツゼリー、バースデイケーキ、クッキー、コンヴェルサシオン、マカロンと、スイーツが各編のタイトルに並ぶ。スイーツを作る場面がたっぷりあって至福の一時を楽しめる。そのスイーツにまつわる謎解きも、やはり至福の一時である。

友井作品では女子高生の凸凹コンビを主人公にした『放課後レシピで謎解きをうつむきがちな探偵と駆け抜ける少女の秘密』にも甘いものが取り上げられている。

『スイーツレシピで謎解きを　推理が言えない少女と保健室の眠り姫』同様、青春ミステリーの魅力に満ちている連作だ。

高校を舞台にした青春ミステリーと日常の謎、そしてスイーツとのコラボといえば、米澤穂信作品のいわゆる〈小市民〉シリーズだ。『春期限定いちごタルト事件』を最初に、『夏期限定トロピカルパフェ事件』、『秋期限定栗きんとん事件』、『巴里マカロンの謎』、『冬期限定ボンボンショコラ事件』と書き継がれている。

チョコレートの誤植ではない。畠中恵「チヨコレイト甘し」（講談社文庫『アイスクリン強し』収録）は明治半ばの物語だから、表記はちょっと古風である。築地居留地にほど近い西洋菓子屋「風琴屋」の店主である皆川真次郎が、さまざまな事件に巻き込まれていく連作の第一話だ。

真次郎は孤児だった自分を育ててくれた宣教師夫妻の、結婚記念日パーティーの準備に大わらわだ。それは彼の腕前が試される場で、今は予約販売しかしていない「風琴屋」の将来が懸かっている。ところが色々とトラブルが！　まだ食材の揃わない時代に、なんとか西洋料理や西洋菓子を作ろうと奮闘している真次郎である。

続いて、シユウクリーム、アイスクリン、ゼリケーキ、ワッフルスがタイトルに織り込まれていくが、そのほかにも多彩な西洋菓子が登場して、舌と脳を刺激する。また、全体を貫く謎解きも仕掛けられている連作だ。

西洋菓子は江戸時代、海外との交易の場であった長崎からもたらされたものが多いが、チョコレートもオランダ人が持ち込んだという。明治時代になって日本人による製造・販売が始まったが、かなり高価だったらしい。

畠中作品では、江戸時代を舞台にした〈しゃばけ〉シリーズに和菓子屋の跡取り息子が登場している。

西條奈加『まるまるの毬《いが》』も江戸時代、菓子を商う「南星屋」の美味しそうな品々にそそられる。職人の治兵衛は十六年間諸国を巡って菓子帳を書き溜めていったというのだから、地方色豊かだ。その菓子に秘密が仕込まれていく。

アフタヌーンティーが日本に定着したのはいつ頃なのだろうか。最初はそのボリュームに驚いたものだが、もともと朝食と夕食の二食しかない時代に、その間の空腹を満たすものだったらしいから、ゆうに一食分あっても不思議ではない。

一方、柚木麻子「3時のアッコちゃん」(双葉文庫『3時のアッコちゃん』収録)のアフタヌーンティーはちょっと控えめである。

高潮物産の契約社員である澤田三智子は、フランスで人気のシャンパンの販促イベントの会議の雑用で大忙しである。しかもこれといった企画が出てこない。半年ぶりに再会したかつての上司である、アッコさんこと黒川敦子に愚痴をこぼしたところ、会議に出すアフタヌーンティーを用意すると言い出した。毎日三時に――。

初日の月曜、美味しい紅茶とまだほんのり温かいショートブレッドは好評だったが、まだ意見がまとまる雰囲気ではない。しかし、ビクトリアケーキやスコーン、あるいはクリスマスプディングなど、毎日饗《きょう》されるお菓子が脳細胞を活性化させる。そして最後に明らかになるのは、アッコさんのアフタヌーンティーに隠された秘密だ。

アッコちゃんシリーズは『ランチのアッコちゃん』が第一作で、『3時のアッコちゃん』は二冊目である。そしてもう一作、『幹事のアッコちゃん』があるが、そこかしこに〈食〉がちりばめられている。

長野の甘いものにこだわったストーリーが展開されているのは、若竹七海「不審なプリン事件」（中公文庫『御子柴くんの甘味と捜査』収録）だ。御子柴将は長野県警の警察官だが、今は警視庁の捜査共助課に出向の身だ。長野県警と連絡を取り合って犯罪捜査を行うのだが、勝手に彼に「長野」というニックネームをつけたのが捜査一課の玉森主任である。

なにせこの主任、七十二時間の張り込み中に三十八個のあんぱんを食べたとか、二十四時間の張り込み中に今川焼を十八個食べたとかいう伝説があるほど、甘いものには目がない。御子柴が買ってきたものを、すごい勢いで食べてしまうのである。

長野県警側のおねだりもかなりのものだ。なにかというと御子柴には東京土産のリクエストがある。それも甘いものが多い。ただし、彼はスイーツ刑事と呼ばれるほどだから、けっこう楽しんでいる。

上田市の〈雷電くるみ餅〉、そして長野市の〈酒饅頭〉に続いてここに収録した第三話では〈軽井沢プリン〉である。指名手配犯が軽井沢で行われる娘の結婚式に現れるのではないか。玉森と御子柴は張り込みにかり出された。その際、玉森は軽井沢プリンを十個以上平らげ……さすがに胸焼けがしそうだ。

さらに、駒ヶ根市の〈信州味噌ピッツァ〉と松本市の〈あめせんべい〉が取り上げられている。もちろんミステリーの醍醐味もたっぷりだ。長野県警の小林警部補と連絡を取りながら謎を解いていく御子柴である。続編に『御子柴くんと遠距離バディ』があるが、こちらはちょっと甘さを控えて、ハードなストーリーが展開されている。

近藤史恵『タルト・タタンの夢』での食後のデザートなど、「甘味」ミステリーはたくさんある。

さて、「β-エンドルフィン」はたくさん分泌されましたか？

本書は、日本推理作家協会の協賛のもと、推理小説研究家の山前譲氏が選定した作品を編集したものです。

PROFILE

日本推理作家協会について

太平洋戦争終結の翌年、1946年の6月に、江戸川乱歩の呼びかけで始まった土曜会が、日本推理作家協会のルーツである。月に一度のその集まりが発展して、翌年6月に探偵作家クラブが発足した。初代会長は江戸川乱歩で、会報を発行し、前年度のすぐれた作品に探偵作家クラブ賞を贈った。1954年には、関西探偵作家クラブと合同して日本探偵作家クラブとなり、江戸川乱歩賞がスタートする。1963年1月、江戸川乱歩を初代理事長として社団法人日本推理作家協会へと改組。以後、日本推理作家協会賞と江戸川乱歩賞を二大事業とし、アンソロジー『推理小説年鑑』を編纂して斯界の動向を伝えてきた。2014年4月、一般社団法人に改組され、現会員は600名を超える。

底本一覧

「和菓子のアン」　『和菓子のアン』光文社文庫／二〇一二年刊
「チョコレートが出てこない」　『スイーツレシピで謎解きを』集英社文庫／二〇一六年刊
「チヨコレイト甘し」　『アイスクリン強し』講談社文庫／二〇一一年刊
「3時のアッコちゃん」　『3時のアッコちゃん』双葉文庫／二〇一七年刊
「不審なプリン事件」　『御子柴くんの甘味と捜査』中公文庫／二〇一四年刊

双葉文庫

み-36-02

ミステリなスイーツ

甘《あま》い謎解《なぞと》きアンソロジー

2024年6月15日　第1刷発行
2024年9月 3 日　第4刷発行

【著者】

坂木《さかき》司《つかさ》 友井《ともい》羊《ひつじ》 畠中《はたけなか》恵《めぐみ》
柚木《ゆずき》麻子《あさこ》 若竹《わかたけ》七海《ななみ》

【発行者】
箕浦克史
【発行所】
株式会社双葉社
〒162-8540 東京都新宿区東五軒町3番28号
［電話］03-5261-4818(営業部)　03-5261-4831(編集部)
www.futabasha.co.jp(双葉社の書籍・コミックが買えます)
【印刷所】
中央精版印刷株式会社
【製本所】
中央精版印刷株式会社

【フォーマット・デザイン】
日下潤一

ISBN978-4-575-65909-2 C0193
Printed in Japan

双葉文庫　好評既刊

NHK国際放送が選んだ日本の名作 1日10分のごほうび

赤川次郎　江國香織
角田光代　田丸雅智
中島京子　原田マハ
森浩美　吉本ばなな

NHK WORLD-JAPANのラジオ番組で朗読された小説の中から、豪華作家陣の作品を収録。亡き妻のレシピ帳をもとに料理を始めた夫の胸に去来する想い。対照的な人生を過ごす女友達からの意外なプレゼント。ラジオ番組の最終日、ある人へ贈られた感謝のメッセージ……。小さな物語が私たちの日常にもたらす、至福のひととき。シリーズ第二弾！

双葉文庫　好評既刊

NHK国際放送が選んだ日本の名作

1日10分のぜいたく

あさのあつこ
いしいしんじ
小川糸　小池真理子
沢木耕太郎　重松清
髙田郁　山内マリコ

通勤途中や家事の合間など、スキマ時間の読書で贅沢なひとときを。NHKWORLD-JAPANのラジオ番組で朗読された作品から選りすぐりの短編を収録したアンソロジー。夫が遺した老朽ペンションで垣間見た野生の命の躍動。震災で姿を変えた故郷、でも変わらない確かなこと。疲弊した孫に寄り添う祖父の寡黙な優しさ……。彩り豊かな8編。

双葉文庫　好評既刊

ほろよい読書

織守きょうや
坂井希久子
額賀澪
原田ひ香
柚木麻子

今日も一日よく頑張った自分に、ごほうびの一杯を。酒好きな伯母の秘密をさぐる姪っ子、自宅での果実酒作りにはまる四十路のキャリアウーマン、実家の酒蔵を継ぐことに悩む一人娘、酒が原因で夫に出て行かれた妻、保育園の保護者達からオンライン飲み会に呼ばれたバーテンダー……。今をときめく5名の作家が「お酒」にまつわる人間ドラマを描いた、心うるおす短編小説集。

双葉文庫　好評既刊

ミステリな食卓
美味しい謎解きアンソロジー

碧野圭
太田忠司
近藤史恵
斎藤千輪
新津きよみ
西村健

楽しく通っていたはずの料理教室を突然辞めようとする生徒、信州のそば屋に生まれた姉妹に訪れた転機、路地裏のイタリアンレストランで久しぶりに再会した、秘密を抱えるかつての仕事仲間……。人気作家たちが織り成す、美味しい料理のある景色と、極上の謎解きを楽しめる6つの物語を収録。読んでまんぷく、解いてまんぞく、美味しい三ツ星ミステリアンソロジー！